Planes rotos

Sarah Morgan

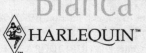

Bianca™

♦ HARLEQUIN™

Editado por HARLEQUIN IBÉRICA, S.A.
Núñez de Balboa, 56
28001 Madrid

© 2008 Sarah Morgan. Todos los derechos reservados.
PLANES ROTOS, N.º 1906 - 4.3.09
Título original: The Vásquez Mistress
Publicada originalmente por Mills & Boon®, Ltd., Londres.

I.S.B.N.: 978-84-671-6832-7
Depósito legal: B-2739-2009
Editor responsable: Luis Pugni
Preimpresión y fotomecánica: M.T. Color & Diseño, S.L.
C/. Colquide, 6 portal 2 - 3º H. 28230 Las Rozas (Madrid)
Impresión y encuadernación: LITOGRAFÍA ROSÉS, S.A.
C/. Energía, 11. 08850 Gavá (Barcelona)
Fecha impresion para Argentina: 31.8.09
Distribuidor exclusivo para España: LOGISTA
Distribuidor para México: CODIPLYRSA
Distribuidores para Argentina: interior, BERTRAN, S.A.C. Vélez
Sársfield, 1950. Cap. Fed./ Buenos Aires y Gran Buenos Aires,
VACCARO SÁNCHEZ y Cía, S.A.
Distribuidor para Chile: DISTRIBUIDORA ALFA, S.A.

Capítulo 1

IBA ERGUIDA cual amazona a lomos de su caballo, con el pelo brillando como oro líquido bajo el ardiente sol de Argentina.

Nada más verla, había reaccionado con irritación, en parte, porque el caballo iba galopando con furia a pesar del calor, pero sobre todo, porque había ido allí en busca de soledad, no de compañía. Y si había una cosa que las Pampas argentinas ofrecían en abundancia era eso, la oportunidad de estar solo.

No obstante, la irritación se había transformado en preocupación al ver que el caballo y su jinete se acercaban, y cuando reconoció al animal.

Se sintió enfadado con la persona que le hubiese permitido a aquella mujer montar ese caballo en particular ella sola, y se dijo que tendría que encontrar al culpable. Y luego, se le olvidó el enfado y empezó a examinar las delicadas líneas de la mujer.

Había pasado toda la vida rodeado de mujeres excepcionalmente bellas, todas mucho más acicaladas que aquella chica y, no obstante, no lograba apartar la mirada de su rostro. Tenía la piel fina y delicada, y su cuerpo era una apetitosa combinación de miembros esbeltos y perfectas curvas. Era como si hubiese sido creada por los dioses y lanzada a la Tierra con el único propósito de tentar a los hombres.

La piel cremosa y las mejillas sonrojadas le daban un aire de inocencia que le hizo sonreír, sorprendido de ser capaz de reconocer aquella cualidad a pesar de haberla encontrado en muy pocas mujeres.

De hecho, se había vuelto tan cínico que nada más verla en el horizonte, había pensado que estaba allí porque lo había seguido, pero no, su presencia allí sólo podía ser fruto de la coincidencia.

Una feliz coincidencia, pensó mientras fijaba la mirada en sus suaves labios. Una muy feliz coincidencia.

El caballo estiró las orejas, arqueó el lomo y se sacudió de modo tan violento que Faith habría perdido el equilibrio si no hubiese apretado los dientes y hubiese permanecido pegada a la silla.

—Estás de muy mal humor hoy, Fuego. No me extraña que todo el mundo te tema —murmuró—. No pienso caerme. Estamos muy lejos de casa. Así que iré adonde tú vayas.

Hacía mucho calor y alargó la mano para buscar la botella de agua que había llevado. Se quedó helada al ver con el rabillo de ojo que algo se movía. Giró la cabeza y se quedó sin aliento al descubrir que un hombre la observaba.

Era el hombre más guapo que había visto desde que había llegado a Argentina, y eso que había conocido a unos cuantos. Tenía el cuerpo delgado y fuerte, los hombros anchos y poderosos, pero lo que había hecho que se le acelerase la respiración era un extraño halo de sensualidad que parecía rodearlo.

—Me estás mirando fijamente.

Su voz profunda, masculina, le recorrió las venas como una droga. Faith sintió que perdía la fuerza en las piernas.

El caballo debió de notar la falta de concentración y escogió aquel momento para volver a sacudirse. Faith salió volando por los aires y fue a aterrizar con el trasero en el suelo.

—¡Eso por gritar! —sintió dolor y se quedó un momento sentada, comprobando si se había roto algo—. Este caballo necesita un psiquiatra.

Un par de manos fuertes le rodearon la cintura y la pusieron de pie sin ningún esfuerzo.

—Lo que necesita es un hombre en la silla —contestó él mirándola a los ojos.

—No hay nada malo en mi manera de montar. La culpa es tuya por haber aparecido de repente, sin avisar... —dejó de hablar al verlo entrecerrar aquellos ojos tan bonitos y sensuales.

—Di por hecho que me habías visto. Es difícil esconderse entre la hierba.

—Estaba concentrada en el caballo.

—Ibas demasiado deprisa.

—Eso díselo al caballo, no a mí. Supongo que es por eso por lo que lo llaman Fuego —Faith apartó la mirada de su rostro con la esperanza de conseguir así calmar su corazón—. No he sido yo quien ha elegido el ritmo. No me esperaba que fuese a ir tan rápido —se preguntó qué le estaba pasando, por qué se sentía aturdida, con el cuerpo como aletargado.

Enseguida se dijo que debía de ser el calor.

–¿Te estás alojando en la estancia La Lucía? –preguntó él mirando hacia donde estaba la elegante casa colonial, a pesar de encontrarse a una hora de camino de allí–. No deberías haber salido sola. Deberías estar con un mozo de cuadra.

–Oh, por favor –contestó ella, tenía mucho calor y le dolía la espalda, así que le lanzó una mirada de advertencia–. No estoy de humor para machitos argentinos.

–¿Machitos argentinos? –repitió él, arqueando una ceja.

–Ya sabes a lo que me refiero –dijo mientras se sacudía el polvo de los pantalones–. Al comportamiento machista. La forma de comunicarse consiste en echarse a la mujer encima del hombro.

–Interesante descripción –comentó él riendo–. Esto es Sudamérica, cariño. Y los hombres saben cómo ser hombres.

–Ya me he dado cuenta. Desde que bajé del avión he estado rodeada de tanta testosterona que estoy empezando a volverme loca.

–Bienvenida a Argentina –le dijo en tono burlón.

De pronto, Faith se sintió incómoda, tímida y eso la enfadó todavía más, siempre había pensado que era una persona segura de sí misma.

–¿Trabajas aquí?

Él dudó un momento.

–Sí.

–Qué suerte –dijo ella, imaginando que sería un gaucho, un vaquero que trabajaba con las novecientas cabezas de ganado que pastaban en aquella tierra.

Apartó los ojos de los suyos y se preguntó por qué

aquel hombre tenía ese efecto en ella. Sí, era guapo, pero había conocido a muchos hombres guapos desde que había llegado a Argentina.

No obstante, había algo en él...

—Hablas muy bien inglés.

—Eso es porque a veces hablo con las mujeres antes de echármelas encima del hombro —contestó él estudiándola durante unos segundos. Parecía seguro de sí mismo, estaba muy cómodo en aquel lugar. Luego, bajó la vista a sus labios y la dejó allí, como decidiendo si hacía o no hacía algo.

A Faith el calor empezó a resultarle insoportable y la química entre ambos era tan intensa que, sin querer, sintió que se balanceaba hacia él.

Estaba desesperada por que la besara, algo que la sorprendía, ya que desde que había llegado a Buenos Aires no había dejado de espantar hombres como si fuesen moscas. Había ido allí a trabajar, a estudiar y a aprender, no a conocer hombres. Pero, de repente, sintió un cosquilleo en los labios y se sintió atrapada por sus atractivos ojos. Él parecía estar saboreando aquel momento, era como si pudiese leerle el pensamiento. Faith sintió una excitación sexual desconocida hasta entonces para ella.

Esperó casi sin aliento, sabiendo que estaba a punto de vivir algo excitante, y que aquel hombre iba a cambiarle la vida para siempre.

Pero él, en vez de besarla, sonrió y se volvió a mirar al caballo.

—Tu caballo necesita agua.

Liberada de la fuerza de su mirada, Faith sintió que su cuerpo se debilitaba y que se ponía roja.

–Mi caballo necesita muchas cosas.

¿Qué había pasado? ¿Había sido todo imaginación suya?

No, no se lo había imaginado, pero aquel hombre no era ningún adolescente, sino un hombre de verdad, desde la punta de su pelo moreno, pasando por la fuerte mandíbula, hasta los poderosos músculos de su cuerpo. Parecía un tipo bien, sofisticado y experimentado y parecía tan seguro de sí mismo que Faith estaba segura de que estaba jugando con ella.

Se mordió el labio y deseó poder deshacerse del cosquilleo que recorría todo su cuerpo.

Enfadada consigo misma, y con él, levantó la barbilla y lo siguió con paso firme hacia el río, decidida a no dejar que se diese cuenta de cuánto la afectaba.

–Tengo que volver –dijo agarrando las riendas de Fuego y subiendo a la silla, satisfecha por el modo en que él le miraba los esbeltos muslos.

No se había imaginado que había química entre ellos. No era ella la única que se sentía violentamente atraída.

–Espera –le pidió él agarrando las riendas de Fuego para que el animal no se moviese–. Me has dicho que te alojas en la estancia. ¿En calidad de qué? ¿Trabajas en la zona de invitados?

–Estás volviendo a mostrar tus prejuicios –contestó ella–. Todos los hombres argentinos que he conocido por el momento piensan que el lugar de las mujeres está en... –se calló justo a tiempo.

Él arqueó una ceja, parecía divertido.

–¿Qué decías? ¿Que todos los hombres argentinos pensamos que el lugar de una mujer está en...?

Era tan atractivo que, por un momento, Faith sintió que no podía ni hablar. Además, no quería terminar una frase que llevaría la conversación hacia un terreno muy peligroso.

—En la cocina —añadió.

Él sonrió todavía más.

—¿En la cocina? Si piensas así es que todavía no sabes cómo piensan los machos, en general, en Sudamérica.

Faith se enfureció, no soportaba que la sonrisa de aquel tipo, su encanto y masculinidad, la afectasen tanto.

—La verdad es que me da igual lo que piensen los machos —comentó con dulzura—. A no ser que se trate de un caballo.

—¿Es eso lo que te ha traído a Argentina? ¿Nuestros caballos?

Faith miró a su alrededor, a aquella interminable extensión de hierba que los rodeaba.

—He venido porque he leído acerca de Raúl Vázquez.

El hombre se quedó callado un momento.

—¿Has viajado miles de kilómetros para conocer a Raúl Vázquez? —preguntó con frialdad—. ¿No será que quieres cazar a un multimillonario?

Faith lo miró sorprendida antes de echarse a reír.

—No, claro que no. No seas ridículo. Los multimillonarios no son mi tipo, de todas formas. Y nunca llegaré a conocerlo. Está en Estados Unidos, haciendo algún prometedor negocio, o algo así. Y debe de tener miles de empleados. No creo que nuestros caminos se crucen nunca.

Él la estudió con inquietante intensidad.

—¿Y eso te decepciona?

—Me parece que no me has entendido. No me interesa el hombre, sino sus caballos y cómo los entrena para que jueguen al polo. Leí un artículo en el periódico, escrito por Eduardo, el jefe de sus veterinarios, y contacté con él. Trabajar aquí es para mí un sueño hecho realidad.

—¿Eduardo te ha dado trabajo? —preguntó él con incredulidad—. ¿Eres veterinaria?

—Sí, soy veterinaria —apretó los dientes al verlo tan sorprendido—. Bienvenido al siglo XXI. También hay mujeres veterinarias, ¿sabes? Algunas hasta podemos andar y hablar al mismo tiempo, aunque veo que las noticias todavía no han llegado a Sudamérica.

—Sé que algunas mujeres pueden llegar a ser veterinarias —contestó él con suavidad—, pero éste es un criadero con mucho trabajo, no una pequeña clínica en la ciudad.

—Las clínicas de la ciudad no me interesan. Siempre me han gustado los caballos.

Él bajó la mirada hasta sus brazos y la detuvo ahí.

—No dudo de tu compromiso, ni de tu entusiasmo, pero a veces se necesita también fuerza física, en especial en las Pampas, donde los sementales son muy fuertes y las yeguas, muy hormonales.

A ella se le volvió a acelerar el corazón.

—Has vuelto a hacerlo. Piensas que lo más importante es el músculo, la agresión, la dominación, pero no te das cuenta de que vale más la habilidad en el manejo del caballo, que la fuerza bruta. Y Raúl Vázquez entiende eso. Sus métodos de entrenamiento son revolucionarios.

—Conozco muy bien sus métodos. ¿Te importaría responderme a una pregunta...? —dijo él de nuevo en tono suave—. ¿Quién estaba al mando hace unos minutos? ¿Tú o el caballo?

—El caballo —admitió Faith, divertida—. Pero la fuerza bruta no habría cambiado eso.

—Este caballo necesita ser montado por un hombre. Por un hombre con la suficiente experiencia y fuerza para controlarlo.

—Necesita ser comprendido —replicó ella de inmediato—. Si quieres cambiar su comportamiento, antes tienes que entender el motivo por el que se comporta así. Los caballos hacen las cosas por un motivo, igual que los humanos.

Llevaba toda su vida estudiando, y todo su tiempo libre, con caballos. Ningún hombre había conseguido captar su atención.

Hasta entonces.

La seguridad y sofisticación de aquél hacía que se sintiese cohibida y bastante confundida por sus propias reacciones.

Jamás habría dicho que era una mujer tímida, pero de pronto, se sintió ingenua frente a un hombre así.

—Será mejor que me marche. Tengo que volver cabalgando... —se calló y se preguntó si él iba a impedirle que se fuese.

Pero no lo hizo.

Lo vio soltar las riendas y apartarse.

—Ve con cuidado —le advirtió.

Y ella sonrió, perpleja, porque había estado segura

de que no iba a dejarla marchar, o de que, al menos, iba a sugerir que volviesen a verse.

Y le habría gustado. Mucho

La Copa Vázquez de Polo era una parte muy importante del circuito de polo argentino, además del acontecimiento más elegante al que había asistido Faith.

Ella sólo estaba allí como veterinaria, por supuesto, pero no podía evitar observar a los espectadores, maravillada.

—¿Cómo pueden ser tan bellas las mujeres? —se preguntó en voz alta—. ¿Y cómo pueden tener un pelo tan liso? A mí se me riza con la humedad.

—Estás viendo a la élite de Buenos Aires —le contó Eduardo—. Se habrán pasado todo el día acicalándose para intentar llamar la atención del jefe.

—¿Del jefe? —Faith miró a su alrededor—. ¿Raúl Vázquez? Va a jugar hoy, ¿no? ¿Está por aquí?

—No ha llegado todavía.

—Pero si el partido va a empezar dentro de cinco minutos —dijo sin poder apartar la vista de las mujeres que había en las gradas —. Van demasiado arregladas para pasar la tarde rodeadas de caballos.

—Así es el polo —comentó Eduardo—. El juego más glamuroso del mundo.

Los hombres aparecieron en el terreno de juego subidos a sus ágiles caballos y Faith intentó no sentirse abrumada por el glamur del espectáculo.

Acababa de detenerse a examinar el espolón de un caballo cuando oyó un helicóptero.

—Aquí está —murmuró Eduardo mirando hacia

arriba y entrecerrando los ojos para protegerlos del sol–. El partido empezará dentro de dos minutos. Siempre llega muy justo de tiempo.

Faith estaba demasiado ocupada con el animal para fijarse en cómo aterrizaba el helicóptero.

–No está en forma.

Eduardo frunció el ceño.

–No conozco a otro hombre que esté más en forma que él.

–No me refiero al jefe, sino a este caballo –contestó Faith exasperada–. ¿Es que aquí todo el mundo piensa sólo en Raúl Vázquez?

La multitud gritó y Faith supo que había empezado el partido. Miró por encima del hombro y vio a los caballos correr por el campo.

Antes de llegar a Argentina nunca había presenciado un partido de polo, y la rapidez y peligrosidad del juego seguían dejándola sin palabras.

–¿Quién es Raúl Vázquez? –preguntó a uno de los mozos de cuadra.

–El que más se arriesga –le contestó.

Y Faith entrecerró los ojos y se concentró en el partido.

Desde tan lejos, era imposible distinguir las facciones de ninguno de los hombres debajo del casco, pero había uno de ellos que destacaba entre los demás. Era ágil y musculoso, y controlaba el caballo con una mano mientras se levantaba de la silla para golpear la pelota, aparentemente indiferente al riesgo de sus acciones.

Faith se preparó para verlo caer al suelo con desastrosas consecuencias. Tenía que caerse, ¿o no? Pero con aquella mezcla de fuerza y atletismo, consiguió mantenerse en el caballo, balancear la maza y golpear la pelota de tal manera que pasase entre los postes.

La multitud estalló en aplausos y ella se dio cuenta de que había estado aguantando la respiración.

Luego, volvió a centrarse en su trabajo. Se acercó a donde estaban los caballos y los fue examinando hasta que uno de los mozos le dio un golpecito en el hombro.

—Es hora de tapar los agujeros. Es una tradición.

Los espectadores y los jugadores saltaron al campo y empezaron a tapar los agujeros que habían hecho los cascos de los caballos. Era un acontecimiento social, todo el mundo reía y charlaba, era la ocasión para mezclarse con los jugadores.

Faith alargó la pierna para tapar un agujero, pero una gran bota negra se le adelantó. Levantó la mirada y descubrió que, tras aquel casco, unos ojos la miraban sonrientes.

Era Raúl Vázquez.

El hombre del río.

Durante un momento, se limitó a mirarlo fijamente. Luego, tragó saliva, incapaz de articular palabra.

—No lo sabía. No te presentaste.

—No quise hacerlo —dijo él.

Faith se ruborizó porque aquel hombre era muy, muy atractivo. Y porque a pesar de estar rodeado de mujeres preciosas, la estaba mirando a ella.

—¡Debiste decirme quién eras!

—¿Por qué? Tal vez te habrías comportado de manera diferente, y no quería que eso ocurriese —su sonrisa era sexy, distraía, intimidaba.

–¿Y cómo me comporté?

Él tapó otro agujero con la bota y su pierna la rozó en un movimiento calculado.

–Fuiste deliciosamente natural.

Ella miró a su alrededor, todas las mujeres parecían estar muy seguras de sí mismas.

–Supongo que te refieres a que no me paso el día acicalándome. ¿Por qué estás hablando conmigo?

–Porque me fascinas.

–¿Te gustan las mujeres sin maquillaje y cubiertas de polvo?

Él rió.

–Me interesa la persona, no el envoltorio.

–¡Por favor! –exclamó Faith mirándolo a aquella cara tan guapa–. ¿De verdad me estás diciendo que te pararías a mirar a una mujer que no fuese despampanante?

–No, yo no he dicho eso –contestó él sin dejar de mirarla a los ojos.

–Lo has dicho... O lo has querido decir...

–Sí –admitió él en tono divertido–. Es verdad. Veo que eres muy perspicaz. ¿Qué pasa? ¿Es la primera vez que te hacen un cumplido?

Volvió a surgir la química entre ambos y Faith se dio cuenta de que había cientos de ojos mirándolos.

–Todo el mundo nos está mirando.

–¿Y acaso eso importa?

–Bueno, supongo que tú estás acostumbrado a ser el centro de atención, pero yo, no –no supo qué más decir, se sentía frustrada consigo misma por ser tan torpe, así que lo miró fijamente y añadió–: Me da igual quién seas. Sigo pensando que eres un machista y un sexista.

Él echó la cabeza hacia atrás y rió.

–Tienes razón, cariño. Soy un machista y un sexista, y me encantaría pasar más tiempo contigo. Ven a la Casa de la Playa.

La Casa de la Playa era su residencia privada, una casa preciosa justo frente al Atlántico. Y a la que el personal del criadero no podía ir.

¿Qué era exactamente lo que le estaba sugiriendo?

Lo miró a los ojos oscuros y supo exactamente lo que era. Se ruborizó.

Se sintió molesta porque deseaba acceder, así que retrocedió. ¿Cómo iba a rechazar a un hombre como aquél? Preocupada consigo misma, decidió contestar con rapidez, antes de que la pudiese la tentación.

–No, gracias.

–No era una pregunta.

–¿Era una orden?

Él seguía mirándola divertido.

–Una petición.

Faith notó que le costaba respirar.

–Tengo que trabajar. No termino hasta las diez.

–Lo arreglaré para que te den la tarde libre.

Así, sin más.

Faith pensó que ése era el poder de los multimillonarios. Y se sintió impotente.

–No, no sería justo para los demás –se sentía muy decepcionada y, de repente, se preguntó qué le habría dicho si no hubiese tenido que trabajar. ¿Se habría ido con él? Estaba hecha un manojo de nervios–.

Creo que voy a tener que posponer mi momento Cenicienta para otra ocasión. Esta noche libra Eduardo y tenemos una yegua a punto de parir. No puedo faltar.

Los ojos de Raúl se pusieron serios y guardó silencio durante unos segundos. Parecía tenso.

–¿Una de las yeguas está a punto de parir? –preguntó–. ¿Cuál?

–Velocity.

Él tomó aire y se pasó la mano por la nuca.

–Si va a parir, Eduardo debería estar ahí –dijo con frialdad.

–Bueno, gracias por ese voto de confianza.

–No es nada personal.

Ella rió.

–¿Quieres decir que te parecería igual si en vez de yo fuese cualquier otra mujer?

Él entrecerró los ojos.

–Velocity es mi yegua más valiosa. Es una enorme responsabilidad –dijo.

Faith levantó la barbilla y lo miró a los ojos.

–Soy capaz de asumir esa responsabilidad. No me paso el día secándome el pelo y retocándome el maquillaje. He estado siete años formándome –de repente, estaba enfadada y frustrada, tal vez se había equivocado al pensar que podía continuar con su carrera en aquella parte de Sudamérica. Era una dura batalla, hacer que la gente se la tomase en serio–. Puedo con el trabajo. Con lo que no puedo es con hombres que piensan que las mujeres no podemos tener una carrera –estaba tan disgustada, que le dio miedo echarse a llorar. Eso la infravaloraría todavía más–. Si me perdonas, tengo que volver al trabajo.

Intentó no pensar en Raúl Vázquez y se quedó a trabajar en los establos hasta las diez. Luego fue a ver a la yegua, Velocity, antes de marcharse.

Le bastó un simple vistazo para darse cuenta de que estaba mal.

Vio al mozo de cuadra en un rincón, con el teléfono móvil en la mano temblorosa.

–No consigo contactar con Eduardo. No responde.

–Debías haberme llamado a mí, no a Eduardo –le reprendió, poniéndose de rodillas delante del animal, maldiciéndose por haber confiado en que la llamarían para contarle cómo estaba progresando la yegua. Tomó su estetoscopio.

El mozo estaba sudando.

–Será mejor que no toques ese caballo, es la yegua favorita del jefe. Si le pasa algo... –le advirtió, presa del pánico–. Tenemos que localizar a Eduardo. Si le pasa algo a ese animal, Raúl Vázquez se pondrá furioso. Perderé mi trabajo.

Faith apretó los dientes. Ninguno de los mozos argentinos confiaba en ella.

–En estos momentos, me da igual que se enfade el jefe, o que tú te quedes sin trabajo, lo que me importa es el animal, así que tienes que hacer lo que yo te diga.

Con voz tranquila para que la yegua no se pusiese nerviosa, le dio una serie de instrucciones, pero el mozo se quedó allí, mirando al animal, aterrado.

–Si se muere...

–Será mi responsabilidad –dijo ella con frialdad–. Por Dios santo, vete de aquí. Si no puedes trabajar conmigo, necesito que encuentres a alguien que pueda ayudarme. Ahora.

–Yo te ayudaré –dijo Raúl Vázquez desde la puerta.

El mozo se escondió entre las sombras, estaba demasiado intimidado hasta para defenderse.

Y Faith estaba demasiado preocupada por la yegua para sentirse intimidada. Casi sin mirarlo, le dijo a Raúl lo que quería que hiciese.

Él se puso de rodillas inmediatamente y le habló al animal de manera cariñosa.

El animal se tranquilizó al instante y ella pudo concentrarse en su trabajo, iba a ser el parto más complicado que había atendido nunca.

Después de un rato, la yegua suspiró aliviada y el potrillo cayó a la paja.

–Chica lista –comentó Faith controlando la respiración. Levantó la mirada y vio que Raúl la observaba.

–Creo que la chica lista eres tú –murmuró, pensativo–. Te infravaloré, y me disculpo por ello.

La atmósfera estaba cargada de tensión y, durante unos segundos, se limitaron a mirarse el uno al otro. De repente, Faith se dio cuenta de que Raúl iba vestido con un esmoquin.

–Siento haberle estropeado la noche –le dijo, odiándose porque le molestara pensar que estaba pasando la noche con otra mujer.

Cuando podía haberla pasado con ella.

Recordó las preciosas mujeres que había visto durante el partido de polo y se preguntó cuál de ellas habría llamado su atención. Entonces se dijo que jamás la habría elegido a ella. Los hombres tan ricos como Raúl Vázquez querían mujeres florero, no mujeres con carrera.

Por fin con los pies en el suelo, sonrió.

—La yegua va a recuperarse, Raúl, pero aun así quiero quedarme esta noche con ella para estar segura. Gracias por tu ayuda. Ha supuesto una gran diferencia.

—¿Pretendes dormir en el establo? —preguntó él.

En algún momento, se había desabrochado el botón más alto de la camisa y Faith atisbó un trozo de piel bronceada y algo de vello rizado.

—Sí —contestó apartando la mirada. No podía ser más masculino—. Así si ocurre algo, estaré aquí.

Raúl frunció el ceño.

—Llevas trabajando desde las seis de la mañana.

—Mañana me tomaré el día libre. No quiero marcharme hasta no estar segura de que está bien —dijo volviendo a fijar la atención en la yegua y en el potro—. Deberías entenderlo. Según he oído, eres adicto al trabajo.

—Eso es distinto.

—¿Porque tú eres un hombre y yo, una mujer? No empieces otra vez, Raúl —de pronto, estaba agotada, y sólo quería que se fuese de allí para poder dejar de soñar—. Es evidente que estabas en una fiesta, será mejor que vuelvas con la afortunada, no sea que se marche.

Él guardó silencio durante unos segundos antes de comentar:

–Te escondes detrás de tu trabajo, ¿verdad? ¿Por qué lo haces?

–No me escondo, pero me encanta mi trabajo –contestó, mirándolo y volviendo a apartar la vista al notar que se le aceleraba el corazón y que empezaba a imaginarse cuentos de hadas.

–Lo que hay entre nosotros –dijo él con voz suave–, te asusta, ¿verdad?

Faith era demasiado sincera como para fingir que no sabía de qué estaba hablando.

–Sí, me asusta. Porque no es real. La simple idea de tú y yo... –sacudió una mano–. Es una locura. Quiero decir que no podríamos ser más diferentes. Tú estás acostumbrado a mujeres que se pasan el día poniéndose guapas. Y yo soy una chica trabajadora. Me encanta lo que hago y no quiero ninguna relación.

–Si no quieres una relación, eres la mujer perfecta. ¿Qué pasa con la diversión, cariño? ¿No quieres pasarlo bien?

Ella se ruborizó.

–Raúl...

–¿Por qué te sonrojas? Cuando se trata de tu trabajo estás muy segura de ti misma, pero cuando estamos solos... –le pasó un dedo por la mejilla–. ¿Por qué eres eres tan tímida conmigo?

–La culpa vuelve a ser de la testosterona. No estoy acostumbrada a los machitos –dijo en tono burlón, pero él no sonrió. Su mirada estaba fija en ella.

–No tienes mucha experiencia, ¿verdad?

–He tenido novios –murmuró ella para defenderse. Él sonrió.

–Sí, pero me parece que los hombres de verdad son una experiencia nueva para ti, cariño.

–¿Qué significa eso de *cariño*?

Él sonrió todavía más mientras iba hacia la puerta.

–Mañana te lo enseñaré –respondió–. Además de otras realidades de la vida. Termina tu trabajo y descansa. Vas a necesitarlo.

Capítulo 2

FAITH se pasó toda la noche con la yegua y cuando salió de los establos se encontró con Raúl Vázquez, que estaba hablando con Eduardo.

Raúl giró la cabeza y la miró con masculina apreciación.

—En estos momentos estás libre y vas a venir conmigo —dijo agarrándola de la mano y llevándola hacia el helicóptero que estaba en el campo de polo.

—Iba a meterme en la cama —murmuró ella.

—Eso puedo arreglarlo.

Ella no supo si reír o gritar.

—No soy de las que hacen ese tipo de cosas...

—¿Qué tipo de cosas?

—No suelo montar en helicóptero con desconocidos.

—Puedes pasarte el día durmiendo en tu habitación y luego cenar con los mozos de cuadra, si lo prefieres —le dijo, bajando la mirada a los labios—. O puedes cenar conmigo.

Ella se humedeció los labios con la lengua.

—¿Dónde?

—En algún lugar donde podamos hablar sin que nos molesten —contestó él, abriendo la puerta del helicóptero.

Faith subió, preguntándose qué estaba haciendo. Ella no era así. No solía subirse a helicópteros con multimillonarios peligrosos.

Mientras se deshacía en dudas y nervios, Raúl se sentó a su lado y empezó a tocar botones con tranquilidad.

—¿Vas a pilotarlo tú?

—Me gusta controlarlo todo —le confesó—. Prefiero ser yo quien pilota y, de todos modos, teniendo en cuenta lo que tengo en mente, no necesito público.

Ella se estremeció de incertidumbre.

—No sé por qué estás haciendo esto. Ni por qué lo estoy haciendo yo. No llevo un vestido de seda, ni diamantes.

—Tendremos que hacer algo al respecto —comentó él en tono burlón, girándose a mirarla—. Relájate —le dijo en tono sorprendentemente amable—. Lo vas a pasar bien. Es mi manera de agradecerte que hayas salvado a mi yegua, y de pedirte perdón por no haber confiado en ti. Estuviste impresionante.

Le sorprendió el cumplido, y le gustó.

—Pues tu mozo de cuadra no parecía estar de acuerdo. Tal vez deberías hablar con él.

—No será necesario. Ya no trabaja para mí.

—¿Le has despedido? —preguntó impresionada—. ¿No te parece una decisión un tanto drástica?

—Le pediste ayuda y no te la brindó.

Faith se sintió culpable.

—Yo no quería que perdiese su trabajo. ¿No deberías darle otra oportunidad?

—Le di una al darle trabajo —contestó él sin dejar de sonreír, aunque en sus ojos había un rastro de crueldad.

Aquélla debía de ser la parte de él que lo había convertido en multimillonario con treinta años.

Faith pensó que sería mejor dejar el tema, miró a su alrededor.

—¿Adónde vamos?

—Enseguida lo averiguarás —contestó él sin contestar a su pregunta, y haciendo que despegase el helicóptero.

Poco a poco, el terror se fue convirtiendo en exaltación, sobre todo, cuando sobrevolaron las Pampas.

—Las vistas son increíbles desde aquí arriba —comentó Faith.

Un rato después divisaban un gran lago, y Raúl se dispuso a aterrizar.

—Ya hemos llegado, son los límites de la hacienda —dijo saltando del helicóptero y llevándola hacia una lujosa casa situada entre el agua y los árboles—. Es mi escondite secreto.

Faith se detuvo, el corazón le latía a toda velocidad.

—¿Estamos solos?

Él la miró a los ojos.

—¿Te molesta? ¿Estás nerviosa?

Ella tragó saliva.

—Tal vez. Un poco.

—Estuviste a solas conmigo el primer día que nos vimos —replicó él con suavidad, tomando su rostro con ambas manos—. Y no estabas nerviosa.

—Porque fue un encuentro accidental. Yo no suelo hacer estas cosas, Raúl. No debería haber venido.

—No tengas miedo. Todavía no has hecho nada. Y no vas a hacer nada que no quieras hacer. Sólo te pido que te dejes mimar. Quiero agradecerte que hayas salvado a mi caballo favorito. Tómatelo como un día en un balneario.

—¿Un día en un balneario?

Él acercó los labios a los suyos, pero no tardó en volver a separarlos y sonreír.

—Quiero mimarte. Y no vamos a estar solos. Puedes pedir ayuda si quieres y un montón de personas del servicio aparecerán y me echarán de aquí a palos.

La condujo escaleras arriba hasta un porche de madera que estaba justo encima del agua, luego, la llevó a un gran dormitorio inundado de luz natural.

—Ésta es tu habitación. Descansa, te lo mereces. Cuando estés lista para un masaje, o para lo que te apetezca, descuelga el teléfono y marca el cero.

Faith parpadeó. Tenía la cabeza llena de preguntas, pero no pudo hacer ninguna porque Raúl ya se había ido de la habitación.

Era como estar en el paraíso.

Durmió en la enorme cama y luego se tumbó en el porche, a la sombra, mientras una muchacha le hacía un masaje con aceites perfumados, haciendo desaparecer la poca tensión que todavía quedaba en su cuerpo.

No vio a Raúl y cuando volvió a su habitación, se preguntó cómo iba a hacer para ponerse en contacto con él.

Una mancha de color llamó su atención y miró hacia la cama, donde había un precioso vestido de seda. Faith avanzó hacia él, sorprendida. ¿Sería de parte de Raúl? Entonces vio brillar el collar de diamantes.

Estaba tan aturdida que tardó unos segundos en

darse cuenta de que también había una tarjeta. Abrió el sobre y la leyó:

Todas las mujeres se merecen un vestido de seda y diamantes al menos una vez en su vida. Diviértete. R.

Completamente perdida, Faith miró el vestido y el collar. Era un regalo muy generoso. No podía aceptarlo.

Se quedó allí, mordiéndose el labio inferior, con los ojos pegados al vestido. Indecisa, se apartó de la cama y retrocedió. Entonces se quitó la bata que llevaba puesta. Su lado más femenino no era capaz de ignorar aquel magnífico vestido.

Sólo se lo iba a probar. Nada más.

La seda se resbaló por su piel y ella gimió al darse cuenta de que le encajaba a la perfección.

¿Cómo había adivinado Raúl su talla?

Sintiéndose como si estuviese viviendo la vida de otra persona, se alisó el vestido y se dispuso a ponerse el collar. Unos dedos fuertes cubrieron los suyos y terminaron de abrochárselo.

Dominada por el deseo, se volvió muy despacio y miró a Raúl a los ojos.

–¿Qué tal va tu día? –le preguntó él sin apartar los dedos de la base de su garganta–. ¿Ya te sientes recompensada?

–No puedo aceptar nada de esto.

–Claro que sí. No tiene importancia.

Tal vez para él no la tuviera, pero Faith sospechaba que sólo el collar valía más de lo que ella ganaba en todo un año.

–Sólo quería probármelo, eso es todo. Voy a quitármelo.

–¿Por qué ibas a hacer algo así?

–Porque ésta no es mi vida.

Él la hizo girarse con cuidado, para que se viese en un espejo.

–¿Quién es ésa, sino tú?

Faith casi no se reconoció. Se sintió como una princesa.

–Bueno, tal vez lo lleve sólo esta noche –casi rió al darse cuenta de su debilidad–, pero, luego, te lo devolveré.

Raúl sonrió.

–Cenaremos en la terraza. Las vistas son muy bonitas.

–¿Y haces esto con mucha frecuencia?

Él despidió al personal con un movimiento de mano y alcanzó la botella de vino para servirle otra copa.

–¿Cenar? Sí. Todos los días.

–No, quiero decir... –se miró de pies a cabeza–. Hacer de hada madrina.

–Es divertido hacer regalos a una mujer que los aprecia –miró su plato–. No estás comiendo. ¿No tienes hambre?

Faith tenía semejante nudo en el estómago, que no podía probar bocado.

–No, lo siento. Parece delicioso, pero...

Él sonrió.

–No tienes que disculparte cuando soy yo quien te quita el apetito. Lo tomaré como un cumplido.

–Estás muy seguro de ti mismo.

–Y tú, muy nerviosa, no entiendo por qué. ¿No hay hombres en Inglaterra?

Hombres como él, no.

–He estado demasiado ocupada trabajando como para fijarme en los hombres –contestó ella.

–Estás entregada a tu trabajo. ¿Por qué decidiste ser veterinaria?

–Desde siempre lo he querido ser. Mi padre era veterinario y crecí ayudándolo. Incluso cuando era pequeña, me dejaba participar y siempre me animaba.

–Estoy seguro de que está muy orgulloso de ti.

Faith dudó.

–Mis padres murieron hace dos años –comentó en voz baja–. Ése es uno de los motivos por los que he venido a Argentina. Los echaba mucho de menos y sabía que necesitaba hacer algo diferente. Pensé que combinar un viaje con trabajo podría ser la distracción que me hacía falta.

–¿Y qué hay de casarte y tener hijos? –le preguntó él con naturalidad, aunque la estaba mirando con agudeza, como si de verdad le importase la respuesta que iba a darle–. Cuando las mujeres piensan en el futuro, casi siempre se imaginan una alianza.

–Ese comentario es típico de un hombre como tú –bromeó ella dejando el tenedor–. Sé sincero, piensas que las mujeres sólo sirven para estar en casa y criar, ¿verdad?

–Es lo que quieren la mayor parte de las mujeres. ¿Tú no?

–No. Ahora mismo, no. En el futuro, ¿quién sabe? –miró hacia el lago–. El futuro parece estar muy lejos aquí. Y soy demasiado joven para ni siquiera pensar en ello. Tengo toda una carrera por delante. Tal vez dentro de diez años me apetezca –se encogió de hombros–. No es lo que quiero. Adoro mi trabajo –admiró la puesta de sol rojiza que se reflejaba en el agua–. ¿Y tú? ¿No tienes mujer? ¿Hijos?

Faith vio un destello en su mirada oscura.

–No, en absoluto.

–Quieres decir, que no lo quieres ahora.

Él agarró la copa con fuerza.

–Ni lo querré nunca. Recuérdalo, Faith.

Había tanta frialdad en su voz que Faith lo escrutó con la mirada, pero su rostro se mantuvo impasible.

Ella frunció el ceño, había cosas que no entendía, y eso la hacía sentirse confusa.

–¿Por qué iba a necesitar recordarlo?

–Es sólo que me gusta dejarlo claro al principio de una relación –respondió él en tono suave.

Faith sintió calor.

–¿Acaso estamos teniendo una relación?

–No lo sé –contestó él mirándola a los ojos–. ¿Tú qué piensas?

Capítulo 3

Diez meses después.

—Se puso delante del taxi sin mirar. Según un testigo del accidente, tiene mucha suerte de estar viva.

¿Suerte?

Tumbada en la cama del hospital, Faith decidió seguir escuchando con los ojos cerrados. No se sentía en absoluto afortunada.

—¿Tenemos noticias de algún familiar cercano? —preguntó el médico y Faith sintió que su dolor se agudizaba.

No tenía ningún familiar cercano.

Lo había perdido *todo*, y no sabía qué heridas eran más graves, si las que tenía por fuera, o las de dentro.

—No. No llevaba encima ningún documento que la identificase cuando llegó, suponemos que le han robado el bolso. No obstante, llevaba un vestido caro —murmuró la enfermera con envidia—. A mí me parece que, o tiene un buen trabajo, o un novio muy rico y generoso.

—Bueno, no podremos darle el alta si no sabemos si tiene una casa a la que ir. Y el problema es que está ocupando una cama —comentó el médico con impaciencia—. Alguien debería haberla echado en falta a estas alturas.

Eso, si le hubiese importado a alguien, pensó Faith.

–¿Faith? ¿Estás despierta?

Pensó que no se marcharían hasta que no hablase con ellos, así que, muy a su pesar, abrió los ojos y vio sonreír al médico.

–¿Qué tal te encuentras hoy?

–Bien –«no merece la pena decir la verdad», pensó–. Mucho mejor.

–Espero que estés deseando volver a casa.

¿A casa? ¿Dónde estaba su casa? Durante el último año, en Argentina, y había pensado...

Faith giró la cabeza al darse cuenta, horrorizada, de que iba a llorar. Llevaba días sintiéndose muy triste y, de repente, sintió que no podía seguir conteniendo su agonía.

Hizo un enorme esfuerzo mental para intentar concentrarse en algo que no fuese Argentina, no quería pensar en que ya no tenía una casa, ni trabajo y, sobre todo, no iba a pensar en...

Gimió y se puso en posición fetal.

–¿Te duele algo? –preguntó el doctor inclinándose sobre ella con el ceño fruncido–. Puedo darte un calmante.

«No para este tipo de dolor», pensó ella.

–Es todo un asco.

–¿Tu cabeza? El tiempo lo curará todo. Y el pelo cubrirá la cicatriz.

–No me refiero a mi cabeza –murmuró Faith–, sino a mi vida.

–Es evidente que le preocupa su cabeza, ¿qué tal está la herida, enfermera?

Faith se dio cuenta de que a nadie le interesaba cómo se sentía en realidad y cerró los ojos, a ver si así se marchaban y la dejaban tranquila.

–La última vez que se la miré se estaba curando muy bien. Es una cicatriz muy limpia.

Tal vez lo fuese por fuera, pero por dentro, Faith tenía otra herida que nunca se curaría.

El médico asintió con aprobación, ajeno al verdadero trauma de la paciente.

–Te has recuperado estupendamente, teniendo en cuenta cómo estabas hace dos semanas. Tenemos que empezar a pensar en darte el alta –se aclaró la garganta y volvió a mirar su historia–. Tienes que ir a casa de algún familiar o amigo. No puedes estar sola todavía.

Faith tenía los labios tan secos que casi no podía ni hablar.

–Estaré bien sola.

Sólo de pensarlo, se sintió todavía peor.

¿Cómo podía haber terminado así?

El doctor suspiró con impaciencia.

–No nos has dado detalles de ningún familiar cercano. Debes de tener a alguien. ¿O crees que puedes haber perdido un poco la memoria al fin y al cabo?

Faith abrió los ojos.

–Mis padres murieron hace casi tres años y soy hija única –le explicó en tono cansado, no sabía cuántas veces tendría que repetírselo a sí misma–. Y mi memoria está bien.

Por desgracia, dada la naturaleza de sus recuerdos, habría pagado por tener un poco de amnesia. Se habría conformado con olvidarse de los últimos meses de su vida, pero lo recordaba *todo* y esos recuerdos la estaban torturando.

Sólo quería taparse con la manta y llorar. Y no soportaba sentirse así, porque ella no era así.

¿Dónde había ido a parar toda su energía, su fuerza? ¿Qué había pasado con su tendencia natural a enfrentarse a los problemas con agallas y determinación?

Siempre había sido fuerte, a pesar de saber que la vida podía ser muy dura. Aunque no había imaginado que pudiese serlo tanto.

Su estado le hizo sentir pánico. Se tumbó boca arriba y miró hacia el techo, y sus grietas le hicieron recordar la playa, risas, una mujer desnuda y un hombre increíblemente guapo.

Gimió y se tapó la cara con las manos. Hiciese lo que hiciese, mirase donde mirase, no paraba de recordar. Se sentía vacía, y no tenía la energía física ni emocional para salir de aquel pozo de desesperación que se la estaba tragando.

En la cama de enfrente, una señora mayor murmuraba algo, confusa y desorientada.

–Doctor, doctor.

El médico susurró algo a la enfermera y se giró.

–Sí, señora Hitchin –dijo en tono exageradamente educado–. ¿Qué puedo hacer por usted?

–Puede casarse conmigo –contestó la mujer–. ¡No siga engañándome! Haga lo que me prometió y deje de huir de sus responsabilidades.

La enfermera se tapó la boca con la mano para contener una carcajada y el médico se sonrojó.

–Está usted en el hospital, señora Hitchin –le dijo hablando despacio y en voz alta–. Soy su médico.

–Bueno, me alegro de que por fin hayas hecho algo de provecho con tu vida –luego, miró hacia donde estaba Faith–. No creas ni una palabra de lo que te diga. Sólo quieren divertirse, no las responsabilidades.

Faith rió.

–Me hubiese venido bien ese consejo hace unos meses, señora Hitchin –tal vez así no hubiese echado a perder su vida.

Otra enfermera entró corriendo en la habitación, colorada y con los ojos brillantes.

Miró a Faith con fascinación.

–Sé que piensas que no tienes ningún problema de memoria, Faith –le dijo en tono comprensivo–, pero creo que tenemos la prueba de que sufres amnesia.

Faith apretó los dientes.

–Mi memoria está bien.

–¿De verdad? En ese caso, ¿cómo es que no te acuerdas de que estás casada? Y con un multimillonario –añadió–. Está ahí afuera, ha venido a buscarte. Y es impresionante, sexy...

–¡Enfermera! –la reprendió el doctor Arnold.

–Sólo quería decir que es el tipo de hombre que ninguna mujer olvidaría. Si no se acuerda de él, es que tiene amnesia.

Impaciente, Raúl se miró el Rolex que llevaba en la muñeca sin darse cuenta de que su presencia había paralizado el hospital entero.

Las enfermeras no dejaban de acercarse al mostrador, inventándose cualquier excusa, distraídas con la inesperada presencia de semejante hombre.

Pero él estaba completamente centrado en su objetivo y aquel breve, pero inesperado retraso en sus planes le irritaba.

Estaba seguro de que su equipo de seguridad le había informado bien.

Esperó con impaciencia durante treinta segundos, veinticinco más de los que solía esperar en otros momentos de su vida, y decidió solucionar el problema cruzando el pasillo con decisión y entrando en una habitación con seis camas.

El médico hizo un comentario de desaprobación al verlo, pero Raúl hizo caso omiso. Recorrió la habitación con la mirada hasta encontrar a una mujer delgada que estaba tumbada junto a la ventana.

La ira que había ido creciendo en su interior estalló con una fuerza letal y Raúl se pasó una mano por la nuca para evitar darle un puñetazo a algo. Luego, estudió la solitaria figura que miraba hacia el techo y se le pasó el enfado. Lo que sintió a partir de entonces fue distinto.

Eran emociones que no quería sentir.

Casi rió. La debilidad de un hombre era siempre una mujer, y eso no había cambiado desde el principio de los tiempos. Desde Eva en el Jardín del Edén, hasta Pandora y su caja, todos los hombres tenían asignada una mujer con el propósito de complicarles la vida.

Y Raúl tenía a esa mujer tumbada delante de él.

Podía cerrar el trato más complicado sin dejar de pensar con claridad, pero allí, estando en la misma habitación que ella, un cúmulo de emociones lo confundieron.

—Faith.

Su fuerte voz retumbó en la pequeña habitación y la vio girar la cabeza. Abrió sus expresivos ojos verdes con horror e incredulidad al verlo.

—¡No! —gritó ella. Y se escondió debajo de las sábanas.

Aquella respuesta le sentó a Raúl como una patada en el estómago, pero lo que más le afectó fue ver los hematomas que tenía en la cara y en los hombros.

—¿Qué te ha pasado?

Dos semanas antes, sus labios no dejaban de sonreír y tenía el pelo largo y sedoso. En esos momentos, lo llevaba muy corto, lo que hacía que sus ojos pareciesen enormes, y su rostro, pálido y vulnerable. No había ni rastro de aquella alegre sonrisa que la caracterizaba.

Y había perdido peso, siempre había estado delgada, pero en esos momentos su piel parecía casi transparente y el corte de pelo hacía que su rostro resultase casi etéreo. ¿Cuándo había sucedido aquello? ¿Por qué no se había dado cuenta?

El médico se aclaró la garganta.

—Tuvimos que cortarle el pelo para curarle las heridas.

—Dios mío, se ha quedado en los huesos.

Embriagado por una serie de emociones que no había esperado sentir, Raúl dirigió toda la fuerza de su ira hacia el médico.

—¿No dan de comer a los pacientes en este hospital? —le preguntó.

Poco acostumbrado a semejantes confrontaciones, el médico jugó incómodo con los papeles que llevaba en la mano.

–Faith ha tenido una herida en la cabeza –balbuceó–. Ha estado un tiempo inconsciente. Es increíble la rapidez con la que se ha recuperado. Le hemos salvado la vida.

–Bien –dijo Raúl con frialdad, fijándose en la tarjeta en la que ponía el nombre del médico–, porque si no fuese así, sus días como médico se habrían terminado. ¿Qué le ocurrió?

La enfermera dio un paso al frente, con la intención de suavizar la situación.

–Según los testigos, se puso delante de un coche en el aeropuerto. Al parecer, no miró.

Raúl se acercó a la cama y apretó los labios al ver que Faith le daba la espalda y se cubría todavía más.

Aquel sencillo gesto lo decía todo. De repente, se sintió culpable. Aunque intentó convencerse de que no tenía ningún motivo. La culpa era de ella.

Había sido sincero con Faith desde el principio. Ella había decidido jugar a un juego peligroso. Y era hora de que lo reconociese.

–¡Mírame!

Faith no se movió y Raúl suspiró, exasperado.

–Huir de los problemas no los soluciona. ¿Tienes idea de lo preocupado que he estado?

La ira llevaba dos semanas creciendo en su interior, noche y día, y se había prometido que, cuando por fin la encontrase, le dejaría claro cuáles eran sus sentimientos.

Por un momento, pensó que no iba a responderle,

pero entonces vio que se movía y, muy despacio, se sentaba en la cama.

Raúl no fue capaz de hablar.

Había algo en su palidez, en su fragilidad, que no le permitía descargar toda su ira contra ella. Parecía tan vulnerable que Raúl sintió que algo se le removía por dentro.

Siempre había pensado que era una mujer fuerte y vital, pero allí no había ningún signo de su energía y entusiasmo.

El enorme camisón del hospital colgaba de sus delgados hombros, tenía ojeras y arañazos en los brazos. No le brillaban los ojos y miraba hacia delante, negándose a mirarlo a los ojos.

Parecía una mujer destrozada.

Aparte del angustiado «no» que había articulado un poco antes, no había vuelto a hablar, ni a mirar en su dirección, desde que había entrado en la habitación. Era como si estuviese fingiendo que él no estaba allí.

Raúl reflexionó acerca de todo el daño que Faith había causado, y volvió a ponerse tenso.

¿Estaría arrepentida? ¿Lamentaría lo que le había hecho a su relación?

La observó en silencio. Si hubiese sido cualquier otra mujer, se habría marchado de allí y la habría dejado sola, pero Faith no era cualquier otra mujer, y algo hacía que no pudiese moverse de donde estaba.

Pandora, Eva, *Faith*...

Irritado con su propia debilidad, Raúl se volvió hacia el médico, que lo miraba con temor.

−¿Qué tiene?

–Esto... –el médico se aclaró la garganta–, a pesar de la gravedad del accidente, se ha recuperado de manera extraordinaria. Tiene dolores de cabeza y está un poco confusa de vez en cuando, pero la herida de la cabeza se está curando bien. Luego está el tema de la memoria. Nos ha resultado difícil valorar el alcance de la amnesia.

–No tiene amnesia.

A Raúl le había bastado mirarla a la cara para saber que se acordaba absolutamente de todo lo que había ocurrido entre ellos.

El médico dudó.

–Pero... no parece acordarse de usted.

Raúl apretó los labios y miró a la mujer que había en la cama.

–Claro que se acuerda –dijo con suavidad–. Si tuviese un problema de memoria, no estaría ignorándome. Estaría preguntando por qué he tardado tanto en venir a buscarla. El motivo por el que se niega a mirarme es porque su memoria está intacta y se siente culpable, ¿verdad, cariño?

Ella giró la cabeza y lo miró a los ojos, y aunque no dijo nada, lo mandó al infierno con la mirada.

Luego, miró al médico y a la enfermera.

–No sé quién es –dijo con voz firme–. Nunca había visto a este hombre antes y no me gusta. Sería un error dejar que me fuera con él.

Raúl rió con amargura. Se sentó en la cama.

–No tienen elección, tendrán que dejarte venir. Soy tu única familia.

Ella siguió mirando hacia delante, ignorándolo.

El médico volvió a aclararse la garganta.

–Tendrá que admitir que parece no acordarse de usted...

–He descubierto que la memoria de Faith es muy selectiva –comentó él–. A veces se olvida de las cosas más importantes. Como un acuerdo entre dos personas.

Sus palabras tuvieron justo el efecto que había buscado. Faith palideció todavía más.

–No hubo ningún acuerdo. Yo no soy uno de tus negocios. Ojalá no te hubiese conocido nunca. Te odio, Raúl. Eres cruel, cínico, insensible...

El médico tosió, avergonzado.

–Bueno, parece que al menos conoce su nombre, eso está bien. Y... un poco de su personalidad. Nos ha dicho que no tiene familia.

–Y no tengo familia.

El médico la miró a ella, luego a Raúl.

–Supongo... Que lo que usted quiera.

–¿Eso es todo? ¿Se va a quedar ahí parado, va a dejar que lo intimide? –preguntó Faith mirando al médico, que no contestó–. Son todos unos débiles. Ya se lo he dicho, él no es mi familia. Si yo fuese la última mujer que quedase en el mundo y él, el último hombre, la raza humana se extinguiría –y luego miró a Raúl de manera desafiante.

Él se sintió aliviado, por un momento se había preguntado si su falta de expresión se debería a la herida de la cabeza, pero había visto que le volvían a brillar los ojos y, a pesar de todo lo que había pasado entre ambos, sintió que su cuerpo respondía al instante.

Sintió pasión. Una pasión arrebatadora, cegadora.

Siempre había sido así entre ellos, fuese lo que fuese lo que estuviesen haciendo.

Y aquél era el problema en cuestión. Su sorprendente compatibilidad física había hecho que todo fuese demasiado sencillo como para enfrentarse a la realidad.

Jamás debían haber estado juntos.

Y los dos lo sabían, pero la química los había unido a pesar de que el sentido común debía haberlos separado.

Faith no le convenía. Y él no le convenía a ella.

Consciente de que el médico y la enfermera seguían allí, observándolos, se levantó y retomó el control.

—Claro que tiene una familia. Yo soy su marido, y me ocuparé de ella de aquí en adelante.

Se distanció de sus emociones y se concentró en lo práctico, en solucionar el problema. Se metió la mano en el bolsillo para buscar el teléfono móvil

—Allá va —murmuró Faith—. A ganar otro millón.

Él marcó un número y se volvió hacia ella sonriendo de manera burlona.

—A estas alturas, cariño, deberías saber que no encendería el teléfono por un millón.

El médico los miró con desesperación.

—Es evidente que tienen problemas.

Raúl le lanzó una mirada que habría acallado a todo un estadio.

—A no ser que sea psiquiatra, le recomendaría que no se metiese donde no lo llaman. Esta mujer ya no es responsabilidad suya. Me la llevaré de aquí en diez minutos.

Luego, habló con el hombre que había al otro lado del teléfono. Cuando terminó la llamada, la enfermera se había ido y el médico estaba mirando unos papeles con manos temblorosas, parecía preocupado por su situación.

–Si va a llevársela, tendrá que firmar la autorización. No quiero ser responsable, si le pasase algo. Necesita estar en el hospital...

–Tal vez, pero no en éste. ¿Qué es exactamente este lugar y por qué no ha sido cerrado antes?

–¿Cerrado? –el médico parecía escandalizado–. Es el hospital más antiguo de Londres. Llevamos tratando pacientes en este edificio desde la época de Enrique VIII.

–Pues es una vergüenza que nadie se haya molestado en limpiar el suelo desde su última visita –replicó Raúl con frialdad.

La mujer que estaba en la cama de enfrente de Faith aplaudió, encantada.

–¡Bien dicho! Me encantan los hombres dominantes y guapos. Ya casi se me había olvidado cómo son los hombres de verdad. Si ella le deja, yo estoy libre.

Raúl sonrió, divertido.

–Gracias, lo recordaré.

–Éste es el peor de todos –le dijo Faith a la anciana–. Si busca un hombre que asuma sus responsabilidades, no se fije en éste, señora Hitchin.

–No me cansaría de mirarlo en todo el día –respondió ella–. Me parece impresionante.

–En realidad, está obsesionado por el sexo y le gusta tener siempre el control –murmuró Faith.

Raúl torció el gesto.

–Me pregunto cómo, teniendo esa opinión de mí, te empeñaste en llevarme al altar.

Faith levantó la barbilla y lo fulminó con sus bonitos ojos.

–Yo no me empeñé en llevarte al altar. ¿Desde cuándo se hace algo que no te convenga a ti? Eres un egoísta y un egocéntrico.

–¡Me pusiste en una situación comprometida! –exclamó él poniéndose tenso.

No quería haber tocado el tema allí, pero no había podido evitarlo.

La vio temblar y su traicionera mente pensó en el sexo. Aquellos brazos se habían abrazado a su cuello, alrededor de su cuerpo. Aquellos ojos que lo miraban iracundos, lo habían mirado con deseo y le habían hecho emprender un viaje erótico del que ninguno de los dos había salido ileso.

Habían compartido algo tan fuerte, que todavía podía sentirlo en el ambiente. Todavía entonces, después de todo lo que había pasado, sabía que podía dominarla con sólo una caricia de sus experimentados labios.

Hizo un gran esfuerzo para no tumbarse encima de ella.

Y Faith se dio cuenta.

Siempre había sabido el efecto que tenía en él. Y le encantaba jugar con él, prolongar la agonía de ambos, utilizando aquellos ojos verdes para subir la temperatura.

En realidad, su relación siempre había sido una lucha de poder.

Y, durante un tiempo, había ganado ella.

–Vete, Raúl –le dijo, y la voz le tembló de vulnerabilidad–. Se ha terminado. Querías una salida y te la estoy ofreciendo. Vete.

–Todo habría sido mucho mejor para los dos si te hubieses dado cuenta de eso hace unos meses. Pero ya es demasiado tarde. Soy tu marido, cariño, aunque perdonaré que se te haya olvidado, ya que sólo llevábamos dos horas casados cuando huiste.

–Yo no huí. No soy una niña, ni una delincuente. Me marché porque me di cuenta de que había cometido un error monumental. No me habría casado contigo si hubiese sabido cómo eras.

Raúl rió con amargura al recordar las circunstancias de su boda.

–Creo que los dos sabemos que eso no es cierto. De todos modos, tomaste una decisión y ahora debes atenerte a las consecuencias.

–No voy a irme contigo, Raúl, no puedes obligarme. No soy uno de tus empleados.

–Si alguno de mis empleados se hubiese comportado como has hecho tú, no seguiría trabajando para mí. Por desgracia, nuestra unión es legal y no puedo despedirte. Aunque, créeme, lo he considerado.

Sonó su teléfono y contestó a la llamada sin dejar de mirarla a los ojos.

–Mi avión está preparado para volar, con un equipo médico en él. Despegaremos dentro de una hora –la informó después de colgar.

–No estoy lo suficientemente bien para ir contigo. No estoy curada.

–En ese caso, terminarás de recuperarte en mi casa, tomando el sol en la piscina –replicó él en tono frío.

Faith se dejó caer sobre la almohada, parecía agotada. Raúl se preguntó si su palidez sería el reflejo del esfuerzo que había requerido aquella confrontación entre ambos, o del hecho de tener que volver a un matrimonio que no había querido nunca.

«Querías guerra, querida, y has disparado en primer lugar. Ahora, atente a las consecuencias».

Capítulo 4

VEINTICUATRO horas más tarde, Faith estaba tumbada en una hamaca, bajo una enorme sombrilla. Delante de ella tenía la piscina más increíble que había visto nunca y, a su alrededor, el exótico jardín le daba la sensación de estar en una selva tropical.

Después de aterrizar en Buenos Aires, había imaginado que Raúl la llevaría a la hacienda, pero al verla tan pálida, había decidido llevarla a las oficinas centrales de su empresa, que estaban en el mejor barrio del sur de la ciudad.

Faith había descubierto que Raúl disponía allí de un impresionante ático en el que había hasta un jardín en la terraza. Se había preguntado cuándo utilizaría aquel lugar, y para qué.

Consciente de lo poco que lo conocía, aquella última pregunta había empezado a atormentarla, pero se había obligado a no pensar en ello. Tenía otros asuntos más importantes que dilucidar: como el porqué la había llevado de vuelta a Argentina.

Cuando se había marchado, el día de la boda, no había pensado que Raúl la seguiría. ¿Por qué iba a hacerlo, si le había dejado claro que no la quería?

Recordó todas las cosas que le había dicho y se estremeció.

Se había quedado tan impresionada por lo que había ocurrido, que sólo había pensado en alejarse lo máximo posible de él.

Por su propia salud mental, había sabido que no podría seguir con él. Se había sentido muerta por dentro. Lo había querido tanto... Los diez meses que habían pasado juntos habían sido los más felices de su vida.

Era casi imposible creer que todo hubiese salido tan mal.

Que se hubiese equivocado tanto con él.

Faith alcanzó el vaso de limonada que había dejado a su alcance y le dio un trago, incapaz de relajarse al saber que Raúl no tardaría en reaparecer.

¿Qué estaría haciendo? ¿Estaría trabajando? ¿Cómo podía trabajar mientras su matrimonio agonizaba?

Levantó la vista y lo vio atravesando la terraza, yendo hacia ella. Se había duchado y cambiado de ropa después del viaje. Emanaba poder y a Faith se le secó la boca.

Por un momento, no supo qué decirle. Quería gritarle, quería pegarle, pero sobre todo, quería llorar porque nunca debían haber terminado así.

Al final, se quedó donde estaba, sin moverse, demasiado cansada para hacer nada de lo que se le había ocurrido.

—La próxima vez que decidas escaparte, párate a mirar antes de cruzar la calle —le aconsejó en tono ácido—. Me he pasado la mañana solucionando todos los problemas que han surgido mientras te estaba persiguiendo por todo el mundo.

–Yo no te pedí que me siguieras.

–No me diste opción. Si querías un matrimonio libre, no deberías haber escogido a un hombre sudamericano –giró la cabeza y aparecieron varios criados.

Faith observó en silencio cómo ponían la mesa y servían la comida.

–No tengo hambre.

–Necesitas comer.

–No quiero entretenerte –le dijo Faith de manera educada–. Estoy segura de que estás deseando comer y volver al trabajo.

–Ya he resuelto el problema y no tengo intención de trabajar esta tarde –respondió él con expresión sombría, sentándose en una silla y sirviéndose–. Tengo cosas más importantes que hacer.

–¿Más importantes que tu trabajo? –Faith rió a pesar de todo, pero paró enseguida, por miedo a terminar llorando–. Creía que era yo la que se había dado un golpe en la cabeza.

Era la primera vez que mantenía una conversación «educada» con él.

Su relación siempre se había basado en una explosión de exquisita pasión, tan incontrolable y feroz en su intensidad que había arrasado todo lo que se había encontrado en el camino.

Había creído que lo entendía, pero había descubierto demasiado tarde que sólo conocía la superficie. Raúl Vázquez era un hombre complicado, imprevisible, con un carácter tan lleno de rincones oscuros, que Faith sospechaba que ninguna mujer conseguiría llegar a conocerlo nunca.

Y en esos momentos estaba viendo otra parte de él, la parte que lo había convertido en multimillonario.

Era muy inteligente, y amedrentador. Ella había sido educada para cuestionar, desafiar y no temer a nadie, pero había algo en el bello rostro de Raúl que la hacía guardar silencio.

En las últimas semanas había pasado de ser su amante a su adversaria, y nadie en su sano juicio habría elegido a Raúl como oponente.

Sus sensuales labios estaban apretados y su inquebrantable confianza en sí mismo le hacía parecer más formidable que nunca.

A Faith se le revolvió el estómago y pensó que era a causa de la herida de la cabeza. Le habían dicho que era normal que tuviese náuseas de vez en cuando. Aquello no tenía nada que ver con la presencia de Raúl. No podía seguir sintiendo nada por él después de lo que le había dicho.

Su relación había terminado.

Y no tenía ni idea de lo que estaba haciendo allí.

Giró los hombros para aliviar la tensión y, a pesar de sus buenos propósitos, posó los ojos en su cuerpo. Un cuerpo impresionante. Duro, fuerte, poderoso y capaz de provocar una respuesta increíble del suyo propio.

Raúl se dio cuenta de que lo miraba y sus ojos se oscurecieron.

—No —le advirtió—. No me mires así y no mezcles el sexo en esto porque si no... —dejó de hablar al notar que sus emociones estaban punto de salir a flote.

—¿De verdad crees que estoy pensando en sexo?

Faith se defendió atacándolo, aunque lo cierto era que sí había pensado en sexo y sabía que, mientras siguiese respirando, aquel hombre siempre le afectaría. Y ella a él. Había algo entre ambos que trascendía todas las reglas.

Sólo les hacía falta una mirada.

Y por eso estaban allí, metidos en semejante lío.

Si la atracción física no hubiese sido tan poderosa, tal vez se habrían dado cuenta de sus diferencias mucho antes.

Raúl dejó de comer, hizo un sonido de impaciencia y posó el tenedor en el plato.

—No sé en qué estás pensando, y prefiero no intentar adivinarlo —gruñó—. ¿Por qué te fuiste?

Ella respiró con dificultad y deseó poder borrar aquella expresión de arrogancia de su rostro con una bofetada.

—Si me lo estás preguntando en serio es que todavía eres más insensible de lo que yo pensaba.

—No soy insensible —replicó él levantándose de la silla—. Pero no entiendo por qué llegaste hasta donde llegaste para luego huir.

—¿Hasta dónde llegué? —preguntó ella con voz temblorosa—. Cualquiera diría que soy una cazafortunas manipuladora.

—¿Sí?

Faith tragó saliva, no iba a llorar delante de él. ¿Cómo podía pensar Raúl eso de ella?

—Me marché porque me dijiste unas cosas horribles. Sumamente crueles. ¿De verdad pensabas que me quedaría a tu lado después de todo? Me sentía dolida y triste, necesitaba que alguien me apoyase, y lo único que encontré fue una ración doble de falta de sensibilidad ciega y cínica.

Él la miró a los ojos.

–Tú creaste la situación. Deberías haberte quedado a resolverla.

–¿Para qué? –se obligó ella a responder–. Dejaste tu postura más que clara. Tuve suficiente con oírla una vez.

Había sido suficiente para acabar con todos sus sueños y con su ingenua creencia de que había algo especial entre ambos.

–Si vas a marcharte en cuanto surja un problema, nuestro matrimonio va a ser muy interesante –dijo él muy seguro de sí mismo–. Si hubieses hablado conmigo, podríamos haberlo solucionado.

–Tú no hablaste, Raúl. Me acusaste. Me juzgaste y me condenaste sin tan siquiera escuchar lo que tenía que decir en mi defensa –se vino abajo, incapaz de creer lo que acababa de decir–. ¿Has visto lo que has hecho conmigo? Era una persona racional, crítica, y me has convertido en un borrón sumiso, servil, sin cerebro. ¡No necesito defenderme porque no he hecho nada malo!

–Eres la mujer menos servil que he conocido –admitió él entre dientes–. Y nunca he puesto en duda tu inteligencia.

–Entonces, ¿por qué te comportas así, Raúl? ¿Por qué quieres creer lo peor de mí? Me hablas como si hubiese cometido un crimen, pero tú también estabas allí.

–Me aseguraste que estabas protegida.

–Y creía estarlo.

Ya estaba. Ya había salido el tema que ambos habían estado evitando desde que él había llegado al hospital.

Faith estaba temblando a pesar de que brillaba el sol, no sabía si aquello se debía al accidente o a sus palabras.

–No quería quedarme embarazada –dijo. Y no estaba preparada para tener aquella conversación–. Vete. Vuelve a tu trabajo, que es lo único que te importa. No tenemos nada más que decirnos.

Raúl se alejó de ella, pero no se marchó de la terraza. En su lugar, se quedó inmóvil, como un gato salvaje agazapado, esperando a que apareciese su presa para saltar sobre ella.

Faith lo conocía lo suficiente para saber que su paciencia se estaba agotando, algo extraño en él, que había conseguido llegar tan lejos debido a su resistencia a la presión.

Pero ella seguía sin entender por qué la había llevado allí.

Intentó encontrar la respuesta en la expresión de su rostro y se dio cuenta de que no se había afeitado. ¿Desde cuándo se le olvidaba afeitarse a Raúl?

Aquello le hizo sentir mejor.

Ella estaba sufriendo y quería saber que él también.

Raúl le dio la espalda, recupero el control y le preguntó.

–¿Cómo te encuentras, físicamente? ¿Te ha tratado bien mi equipo médico? –preguntó, intentando no dejar entrever sus emociones.

–Sí, me han tratado bien –contestó ella con su

misma educación–. En este momento no se me ocurre que tengas que despedir ni demandar a nadie.

Él esbozó una sonrisa.

–Creo que ese comentario confirma que tu cerebro sigue funcionando a la perfección.

–Mi cerebro está bien. Yo estoy bien. Ya puedes dejar que se marchen todos. Deben de estar costándote una fortuna.

–«Ellos» son una de las ventajas de ser mi esposa, cariño.

–Nunca me interesó tu dinero y lo sabes.

La primera vez que se habían visto, Faith no había sabido quién era. Y después, no le había importado. Ni siquiera le había importado que fuese un hombre difícil y complejo. Había pensado que podría manejarlo.

Y se había equivocado.

Levantó la barbilla.

–Cuando te conocí, tenía una carrera. No insultes a nuestra relación dando a entender que tu dinero tuvo algo que ver en lo que compartimos.

–Entonces, ¿por qué te preocupa lo que me gaste? Ya tenemos bastantes problemas, no añadas más.

–Estoy preocupada porque ya no estamos juntos y no quiero deberte nada.

–Ahora es cuando estoy empezando a preocuparme por tu cerebro –dijo él mirándola fijamente–. ¿Te pusiste delante de ese coche a propósito?

–¡No! ¿Cómo puedes preguntarme algo así?

–Porque yo no me escondo de las dificultades, como tú. Estabas disgustada.

¿Disgustada? Era una palabra tan insignificante para describir el dolor que había sentido.

–Claro que estaba disgustada. Por eso no miré por donde andaba.

–Dijiste en el hospital que no tenías familiares cercanos. No puedo creer que fueses tan egoísta. ¿Por qué no me llamaste? –preguntó él enfadado.

–¿Por qué iba a haberte llamado?

–Para decirme que estabas bien.

–No tenía motivos para pensar que te importase.

–Ahora te estás comportando de manera muy infantil.

–¡Estoy siendo sincera! Nuestro último encuentro no fue precisamente el de dos enamorados. Me hiciste daño, Raúl. Me hiciste mucho daño.

–Fui sincero acerca de mis sentimientos –dijo él sin ningún atisbo de arrepentimiento o disculpa.

Faith tembló todavía más, era como si la hubiesen dejado en el Ártico en ropa interior.

–Tú no tienes sentimientos y yo no puedo hacer esto, Raúl. Ya no te conozco. No eres el mismo hombre –le daba vueltas la cabeza y tenía ganas de vomitar–. Márchate. Todo ha terminado.

Él juró en voz alta y le dio la espalda, como si le diese miedo mirarla y explotar.

–Tal vez no quisiste conocerme. Esto es lo que soy, Faith. Mi verdadero yo. Sólo viste lo que quisiste ver. Lo que te convino.

–Eso no es cierto. Puedes ser despiadado en los negocios, pero no eres cruel, sé que no lo eres –las lágrimas volvieron a asomarse a sus ojos–. Hasta el día de nuestra boda fuiste siempre...

–¿Qué? –inquirió él dándose la vuelta–. ¿Qué fui? ¿Un idiota? ¿Un idiota confiado?

–No creo que sea una idiotez confiar en la persona a la que... –se detuvo antes de decir «amas», porque sabía que Raúl no la amaba–... con la que te has casado –añadió.

–¿No? –preguntó él con sarcasmo–. Tal vez dependa del motivo de la boda. En nuestro caso, estaba basada en la mentira, que no es precisamente la mejor base para la confianza.

–¡Yo no te engañé! Y no entiendo por qué piensas eso. ¿Es por tu dinero? ¿Tienes tanto dinero y eres tan buen partido que todas las mujeres quieren cazarte? ¿Es ése el problema?

Raúl se pasó una mano por la cara.

–Será mejor que dejemos ese tema para otro momento –dijo con la voz temblando de emoción–. Creo que ninguno de los dos está en condiciones de seguir discutiendo –era especialista en cambiar de tema–. Podías haber muerto.

–Eso habría solucionado tu problema.

–Dios mío, ese comentario está completamente injustificado –se defendió él enfadado y preocupado–. Nunca, en ningún momento, he deseado tu muerte.

A Faith le dolía la cabeza y tenía la boca muy seca. Apartó la mirada de él con la excusa de alcanzar la limonada, pero le temblaba tanto la mano que se echó la mitad por el vestido.

Raúl se quedó quiero, parecía exasperado. Maldijo entre dientes y le quitó el vaso de la mano. Tenía los labios apretados, llevó el vaso a los de ella.

–Bebe –le ordenó.

Estaba tan cerca de ella, olía tan bien a limpio y a

hombre, que Faith notó que se revolvía por dentro. Era como si su cuerpo lo reconociese y, a pesar del calor, tembló todavía más.

¿Por qué no podía ser menos hombre?

Tal vez en ese caso su cuerpo y su mente habrían funcionado en harmonía en vez de pelearse.

—Deja de temblar —pero al ver que no lo hacía, sacó su teléfono—. Llamaré al médico.

—No —dijo ella mientras le castañeteaban los dientes. Le hubiese gustado ser capaz de entender a Raúl. Le había dejado claro que se arrepentía de haberse casado con ella, pero la había llevado de vuelta a Argentina—. ¿Por qué me has traído aquí, Raúl? ¿Por qué?

—Porque eres mi esposa. Tienes que estar a mi lado, en mi cama.

Aquello resumía todo lo que significaba estar casada con un hombre como él. Faith cerró los ojos un instante. Todo se reducía a un tema de posesión. No había amor de por medio.

—Yo nunca quise que nos pasase esto...

—Sí, claro que sí. Tú tomaste la decisión. Al menos, ten el valor de enfrentarte a lo que hiciste.

—No quiero hablar de ello.

Él rió con amargura.

—Qué raro viniendo de una mujer. Pensáis que todo se puede solucionar hablando.

—No tengo nada más que decirte, Raúl. Estás enfadado y resentido, y ya no te conozco. Además, no puedo estar casada con un hombre que no me quiere —susurró—. Quiero el divorcio. Dame lo que tenga que firmar, y lo firmaré.

Como él no respondió, Faith lo miró y se dio cuenta de que había ido hacia la piscina y le estaba dando la espalda.

Lo observó, no pudo contenerse. Incluso de espaldas era espectacular. Sus hombros eran anchos y poderosos, sus piernas, fuertes y musculadas. Se movía con seguridad, el gran éxito que había conseguido en su vida se evidenciaba en todos los aspectos de su comportamiento.

Y ella había creído que era suyo.

De verdad había pensado que compartían algo especial y al enterarse de que para él la relación no había significado nada, le había dolido más que todas las heridas del accidente.

Raúl se giró de repente, como si hubiese sentido su mirada.

–¿Después de lo que hiciste para llevarme al altar, ahora me pides el divorcio? –sonrió de manera burlona–. Te rindes con demasiada facilidad. Te daré un consejo: si merece la pena luchar por algo, merece la pena luchar hasta la muerte.

Era un comentario típico de él y Faith habría sonreído en el pasado, antes de su matrimonio, y le habría tomado el pelo. Le habría dicho que se calmase.

–Yo nunca vi nuestra relación como una guerra, Raúl.

–Tú empezaste la guerra. Me manipulaste para que me casase contigo –espetó él con frialdad–. Así que me parece absurdo que abandones tu objetivo tan fácilmente.

–¡Yo no tenía ningún objetivo! –exclamó ella, y se sentó porque tumbada se sentía todavía más en desventaja–. ¡No soy una de tus empresas! ¡No tengo ningún objetivo! ¡No te manipulé!

–¿No? Entonces, ¿quién tiene la culpa de que estemos en esta situación? El matrimonio no formaba parte de mi plan. Y te lo dejé claro desde el principio –dio un paso al frente, parecía emocionado–. Nada de boda, ni de bebés. Y tú entraste en la relación con los ojos bien abiertos.

Sus palabras eran tan duras que, por un momento, a Faith le costó respirar.

–No fue así. Sólo estábamos divirtiéndonos, Raúl. Yo ni siquiera había pensado en casarnos –Faith se hundió en la tumbona–. Pensé que estamos compartiendo algo especial.

–Y así era, pero, al parecer, no fue suficiente para ti, ¿verdad? Como cualquier mujer querías más –la acusó, enfadado–. Pensaste que sabías lo que yo quería mejor que yo mismo. Pues te equivocaste, cariño. Yo sabía muy bien lo que quería, y no era esto.

Todas sus palabras tenían el objetivo de destruir cualquier trazo de esperanza que hubiese podido sobrevivir a su ira inicial.

–No te mentí.

–¿De verdad esperas que me crea que fue un accidente? La contracepción no es una lotería.

A Faith se le aceleró el corazón.

Allí estaba él, como un dios mitológico: delgado, arrogante y guapo, que sólo veía las cosas desde un punto de vista. El suyo.

–Algún día aprenderás que no puedes controlarlo todo en la vida, Raúl. A veces hay accidentes –le dijo–. Y yo soy la prueba viviente de ello. Aunque ya no importa, ¿verdad?

Raúl tomó aire para contradecirla, pero ella levantó una mano para detenerlo.

–¡No! –exclamó antes de que hablase–. No me digas lo que tienes en mente, Raúl, porque, con toda sinceridad, creo que no soportaría otro discurso tuyo acerca del tema.

–No sabes lo que iba a decir.

–Claro que sí. Seguro que era algo así como que si no me hubiese quedado embarazada, ahora no estaríamos casados, o que los dos hemos tenido suerte de que haya perdido el bebé.

Había hecho todo lo posible por no pensar en el niño, pero ya no podía seguir evitándolo. Los ojos se le llenaron de las lágrimas que llevaba conteniendo desde hacía dos semanas.

–¿Sabes qué? –continuó–. Que no creo que yo haya tenido suerte. Sé que no era lo que tú querías y, para serte sincera, yo misma me sorprendí, pero no creo que haya tenido suerte, Raúl. Me ha importado perder el bebé.

–Lo sé.

–¡No lo sabes! ¿Cómo vas a saberlo? Intenté protegerte de ello. Estabas en Nueva York, de viaje de negocios, y yo estaba deshecha, pero me lo guardé para mí misma porque tú estabas en esa reunión, o adquisición...

–Era una fusión.

–¡Me da igual lo que fuese! Sólo sé que era importante para ti y que no quería ponerte más tenso, pero resultó que tú pensaste que si no te había contado lo del aborto era porque me preocupaba que cancelases la boda.

—Era normal pensar eso.

—Era normal para ti, Raúl. Cualquier otra persona me habría agradecido ser tan comprensiva y poco egoísta —giró la cabeza y susurró—: Vete. Vete de aquí. ¿Por qué estamos hablando de esto?

—Porque estamos casados —soltó él—. Y tenemos que arreglar la situación.

—Hay cosas que no pueden arreglarse. Y ésta es una de ellas. ¿Te das cuenta de que en ningún momento has pensado en mis sentimientos? Sólo has pensado en ti. Crees que te cacé. Pues, ¿sabes qué? —levantó la voz—. Que ojalá me hubieses dado plantón en el altar. Nos habrías hecho un favor a los dos.

—Nunca habría hecho algo así. A pesar de lo que tú pienses, soy un hombre considerado.

—¿Considerado? ¿Fuiste considerado cuando dijiste que perder el bebé había sido algo bueno?

Él se puso tenso.

—Estás sacando mis palabras de contexto.

—Eso me gustaría, pero no. Y, con toda sinceridad, habría preferido que hubieses roto conmigo antes que encontrarme casada con un arrogante frío e insensible.

—Nunca te había oído hablar así antes.

—Pues si sigues por aquí, seguirás oyéndome.

Raúl se pasó una mano por la cara.

—Creo que estás extremadamente disgustada...

—Sí. Es gracioso. He perdido un bebé, he descubierto que mi marido no tiene corazón y es un arrogante despiadado... –se sintió mareada–. No sé cómo puedo estar disgustada.

–Tienes que tranquilizarte. Los médicos han dicho que no deberías sufrir más estrés –dijo Raúl levantando la mano de manera conciliadora–. ¿Por qué estamos hablando de esto otra vez? No me importa. Ya es historia, tenemos que seguir adelante.

–¿Hacia dónde, Raúl? Tú te sientes aliviado, pero yo, no. Yo me siento fatal. Nuestra relación está muerta igual que... –fue incapaz de terminar la frase–. Me gustaría seguir estando embarazada.

–Lo sé –admitió Raúl en tono sombrío. Estaba pálido–. Por eso tenías que haberme dejado hace seis meses por algún hombre hogareño y cariñoso cuyo único deseo en la vida fuese tener hijos. Debiste acabar con lo nuestro en vez de obligarme a algo que no quería.

–Fue un accidente.

Se tapó la cara con las manos para ocultar las lágrimas, pero no debió de conseguirlo porque oyó a Raúl acercarse a ella y notó que su mulso rozaba el de ella al sentarse a su lado.

–Deja de llorar. No te había visto llorar nunca. Eres la mujer más fuerte que conozco –la agarró por las muñecas y le quitó las manos de la cara, como si así fuese a aliviar su dolor–. ¡Y te preguntas por qué estoy en contra del matrimonio! Antes de casarnos éramos felices juntos.

–No es culpa del matrimonio. Eres tú, tu manera de ser...

–Siempre supiste cómo era. Los dos lo sabíamos, Faith. Nunca tuvimos futuro. Yo sabía que tú terminarías por querer casarte y tener hijos. Era inevitable.

—Ni siquiera había pensado en ello —furiosa consigo misma por estar llorando, Faith se limpió los ojos con la palma de la mano—. Tenía una carrera cuando te conocí. En lo último en lo que pensaba era en jugar a la familia feliz.

—Cuando te diste cuenta de que deseabas un bebé, debiste marcharte.

—¿Cómo puedes tener tanto éxito en los negocios si ni siquiera sabes escuchar? ¡No fue así como ocurrió! Yo no lo planeé. Tenía toda una carrera por delante. Cuando me enteré de que estaba embarazada, fue una sorpresa, pero entonces me di cuenta de lo mucho que deseaba ese bebé.

Y de lo mucho que lo deseaba a él.

—¿Y el hecho de que yo no lo desease no te pareció importante?

—¡Me pediste que me casase contigo!

—Porque no me dejaste elección.

Aquella confesión hizo que a Faith se le volviesen a saltar las lágrimas.

—Bueno, qué romántico. Y después de admitir que te casaste conmigo porque te obligué, ¿quieres continuar con nuestra relación? ¿Estás loco, o qué?

Las lágrimas corrieron por su rostro y Raúl apretó los sensuales labios.

—No llores.

—¿Por qué? —lloró todavía más—. ¿Porque te hace sentir mal? Pues estupendo. En estos momentos, quiero que te sientas mal.

Vio que Raúl estaba confundido. Dudó un momento y luego le tendió una mano, pero ella se apartó.

–¿Cómo hemos podido llegar a este punto?

–No lo sé. Estaba tan enamorada de ti –contestó Faith sin dejar de llorar–. Pensaba que nada podría estropear lo que teníamos, que éramos invencibles.

–Y supongo que por eso lo hiciste –comentó él en tono frío.

Faith supo que jamás lo convencería de que no se había quedado embarazada a propósito.

–Pues divórciate de mí –susurró, limpiándose las lágrimas con el dorso de la mano.

–No vamos a divorciarnos. Tú elegiste este camino, cariño, pues asúmelo. Tengo que hacer unas llamadas. Asegúrate de descansar antes de la cena.

Capítulo 5

QUÉ SE suponía que debía ponerse para cenar? Se había marchado de Argentina sólo con el pasaporte. No se había entretenido en hacer las maletas.

Miró el reloj y se dio cuenta de que todavía quedaban varias horas para la cena, así que tomó su bolso y fue hacia el ascensor.

Estaban en el centro de Buenos Aires, no podía costarle mucho encontrar algo cómodo y sencillo que ponerse.

Le dio al botón de la planta baja pensando en lo mucho que había cambiado Raúl.

Las puertas del ascensor se abrieron y ella dio un grito ahogado al verlo allí, con los ojos brillando de ira.

—¿Se puede saber adónde vas? Se supone que tenías que estar descansando.

Por un momento, la tensión los cegó a ambos. Y Faith se dio cuenta de la atracción sexual que seguía habiendo entre ellos. Sintió que se le hacía un nudo en el estómago.

Vivían en mundos distintos, no sólo en lo que se refería al dinero, sino también con respecto a la experiencia vital y a la cultura.

Habían hablado mucho, pero nunca del pasado, y Faith acababa de darse cuenta de lo poco que sabía de él.

El teléfono móvil de Raúl sonó y él lo sacó, miró quién lo llamaba y contestó. Habló en inglés y en español, cambiando de un idioma a otro con facilidad. Faith lo escuchó con admiración, muy a su pesar. Siempre le había gustado discutir con él porque su cerebro funcionaba con mucha rapidez y sus conversaciones siempre terminaban en animados debates.

Como si se hubiese dado cuenta de que lo estaba estudiando, Raúl clavó sus ojos en los de ella y apretó la mandíbula.

Luego, lo vio cortar la comunicación y volver a meterse el teléfono al bolsillo.

–Si has cancelado una reunión por mí, no tenías que haberte molestado.

–¿Y cómo si no voy a evitar que hagas una locura? Si no te vigilo, sin duda volverás a escaparte, y no tengo ganas de tener que recogerte del suelo después de otro accidente.

Era evidente que volvía de una reunión, porque iba vestido de traje, aunque llevaba los puños blancos de la camisa ligeramente subidos. Faith se fijó en el vello oscuro de su bronceada muñeca. Aquel tentador signo de masculinidad fue suficiente para imaginárselo desnudo. Giró la cabeza con rapidez, y se preguntó cómo podía seguir habiendo química entre ellos cuando todo lo demás estaba roto.

Se suponía que su cerebro tenía que estar conectado a sus sentidos, pero no era así.

–Tengo que ir de compras... –le dijo.

—Nunca te interesó ir de compras.

—No tengo nada que ponerme. Toda mi ropa está en la hacienda.

Él la miró fijamente un momento.

—Lo siento –se disculpó con fría formalidad–. No me había dado cuenta. Me lo tenías que haber dicho antes.

Las puertas se cerraron y Faith se sintió atrapada con él en un lugar pequeño, íntimo.

Su cerebro se llenó de imágenes eróticas y miró hacia delante, intentando concentrarse en otra cosa. La rigidez de su cuerpo le decía que él estaba haciendo lo mismo, y que su mente le estaba jugando la misma mala pasada.

Se dio cuenta de que nunca había estado tan cerca de él sin tocarlo. En su relación, ella había sido la más cariñosa, y él siempre había bromeado al respecto.

Pero en esos momentos envidiaba que pudiese distanciarse emocionalmente y deseaba no haberle mostrado aquella parte de ella.

No sabía si así estaría sufriendo menos.

Lo más probable era que no. A pesar de todo lo que había ocurrido entre ambos, una parte de ella quería dar un paso adelante y sentir sus brazos de aquella manera tan decidida y posesiva que siempre le había entusiasmado.

Y le horrorizaba pensar que se sentía así.

No podía estar con un hombre que no confiaba en ella. Para ella, la confianza era tan esencial como la respiración. Y tampoco podía estar con un hombre al que no le importasen sus sentimientos. Con un hombre que la conociese tan poco.

¿Acaso no se respetaba a sí misma?

¿O era que había infravalorado por completo el poder del amor?

Desesperada por interrumpir el rumbo de sus pensamientos, intentó empezar una conversación.

—No sabía que tenías un piso en Buenos Aires.

Él se desabrochó el botón del cuello de la camisa y se aflojó la corbata, era evidente que estar en un espacio tan pequeño con ella también le afectaba.

—A veces me quedo a trabajar hasta tarde.

El ascensor subió muy despacio y Faith observó las vistas.

—Es increíble.

—En realidad, está en venta —comentó Raúl con frialdad—. Me he dado cuenta de que un ascensor de cristal no es una buena elección si quieres mantener la privacidad.

Y él protegía su vida privada con fiereza. No le gustaba ser un personaje público e invertía tiempo y esfuerzo en ser lo más discreto posible.

Las puertas del ascensor se abrieron y Raúl salió, como si no pudiese soportar más estar a su lado. Faith dudó un momento antes de seguirlo. Sabía que si no lo hacía de manera voluntaria, él la sacaría a la fuerza.

El ático estaba en la planta alta del edificio y tenía unas vistas impresionantes de la ciudad.

—Es increíble —murmuró Faith—. Otro mundo.

Y casi se rió de sí misma.

Era otro mundo. El mundo en el que vivía él. ¿Cómo había podido pensar que podía entrar en su vida sin ningún problema?

Lo vio fruncir el ceño y mirar por la ventana como si fuese la primera vez que se fijaba en las vistas.

—Es una ciudad.

Su respuesta fue tan rígida, tan educada que Faith se sintió como si tuviese una cita a ciegas con un desconocido.

—¿Si no lo compraste por las vistas, por qué lo hiciste?

Él levantó los hombros, como si le pareciese una pregunta extraña.

—Necesitaba un lugar en el que ducharme y cambiarme entre dos reuniones. Y era una buena inversión.

Estaba inmóvil, pero Faith podía sentir su energía. Nunca había conocido a nadie tan motivado como Raúl.

—¿El dinero entra en todas las decisiones que tomas?

—No siempre —contestó él mirándola a los ojos y mandándole un mensaje muy explícito.

Si hubiese pensado en el dinero, no la habría escogido a ella.

Al mirarlo y ver su despreocupada arrogancia, que portaba con la misma facilidad que un traje caro, Faith se preguntó cómo había podido sentirse cómoda con él.

Emanaba poder y éxito, pero, sobre todo, poseía una sexualidad salvaje y dominante que siempre la había dejado sin palabras.

Por un momento, su mirada la mantuvo cautiva, y la fuerza de su personalidad le impidió apartarla.

Al final fue Raúl quien desvió la vista girándose de repente.

–Todavía no te he enseñado el piso, pero el dormitorio está arriba –dijo con voz tensa–. Date una ducha y busca en el armario algo de ropa.

¿Ropa? A Faith se le encogió el corazón y volvió a sentir náuseas al pensar que tenía ropa de mujer en casa. Y ella era la primera vez que iba allí, lo que significaba...

Se recordó que su manera de vivir la vida no era asunto suyo y apretó los puños con fuerza.

–¿Arriba?

–Es un dúplex.

–De acuerdo –como no confiaba en poder seguir permaneciendo impasible ante él, atravesó el piso y subió las escaleras, consciente de que la seguía con la mirada.

Llegó a un lujoso dormitorio que ocupaba todo el piso de arriba. Atrapada por las afiladas garras de los celos, mantuvo la mirada apartada en todo momento de la enorme cama. Raúl había estado con otras mujeres antes que con ella, eso lo sabía, pero siempre había pensado que aquello formaba parte del pasado.

Cada vez se daba más cuenta de que no conocía a aquel hombre tan complicado y sexy. ¿Habría estado solo cuando había ido a alguna reunión a Buenos Aires? ¿Sería capaz de estar sin sexo durante un par de noches? Lo dudaba, conociendo su voracidad.

Se recordó que nada de eso tenía que importarle ya, y fue hacia el cuarto de baño.

Incluso allí no pudo evitar dar rienda suelta a su imaginación, ya que en la enorme bañera cabían dos personas, al igual que en la ducha.

Y conocía suficientemente bien los apetitos sexuales de Raúl para saber que no le gustaba quedarse solo en el dormitorio.

Intentó no pensar en sus manos morenas y experimentadas sobre el cuerpo de otra mujer, se quitó la ropa y se metió debajo de la ducha. ¿Por qué iba a importarle que estuviese con otra mujer? Ya no lo quería, ¿o sí? No después de lo que había pensado de ella. Él tenía razón, no encajaban el uno con el otro. Ella era una mujer moderna, reflexiva. Y él un magnate despiadado que vivía en un mundo que ella ni siquiera había sabido que existía. Y ese mundo lo convertía en un hombre duro y cínico.

Tenía que haber seguido su consejo y haber dejado la relación antes.

Pero lo quería.

Lo amaba de todo corazón. Hasta tal punto, que la idea de dejarlo le había parecido irrisoria.

Y él había tomado aquel amor y lo había destruido.

Cerró los ojos y dejó que el agua caliente la calmase. Después del tiempo que había pasado en el hospital, le pareció una bendición poder lavarse el pelo y el cuerpo con buenos productos. Podría haberse quedado allí para siempre, pero sabía que si no salía pronto, Raúl iría a buscarla. Y no quería eso. A regañadientes, salió de la ducha, se secó y fue hacia el vestidor.

Se preparó para ver todo un repertorio de elegantes vestidos, pero sólo encontró ropa masculina, tanto elegante como informal.

Se sintió aliviada y exasperada al mismo tiempo porque no quería sentir nada. No quería que le importase. Sacudió la cabeza y se preguntó cómo iba a divorciarse de aquel hombre. Aunque no era el vínculo legal lo que la preocupaba, eso habría sido muy fácil. El verdadero problema era aceptar que él ya no formaba parte de su vida.

Faith estudió toda la ropa del vestidor y se dio cuenta de que nada iba a servirle, así que se resignó a no poder subirse la moral poniéndose guapa y escogió una camisa blanca. De todos modos, no tenía que impresionarlo, así que daba lo mismo cómo se vistiese. La camisa le llegaba a la mitad del muslo y tuvo que enrollarse las mangas, pero luego se colocó un cinturón y pensó que estaba más o menos presentable.

Sintiéndose ridículamente tímida, volvió al salón.

Raúl estaba de pie, dándole la espalda, con el teléfono en la oreja, como siempre, y con una mano apoyada en el cristal, escuchando a la persona que le hablaba. Por un momento, Faith se limitó a observarle. Era espectacular. Esbelto, guapo y millonario.

¿Cómo había osado pensar que su relación podía funcionar?

Él estaba acostumbrado a que se hiciese lo que él decía, y ella no era tan dócil y sumisa.

Raúl sintió su presencia y se volvió. Terminó la llamada y tiró el teléfono encima de la superficie que tenía más cerca. La recorrió de arriba abajo con la mirada.

–Has perdido peso.

–¿Y eso es bueno o malo? Es por tu camisa, me queda demasiado grande, pero no había ropa de mujer.

–¿Cómo iba a haberla? –preguntó él en tono sarcástico–. No creo que nadie me tomase en serio si llegase a una reunión con un vestido.

Faith se moría por preguntárselo y se odió por ser tan débil. Su relación estaba muerta. ¿Por qué llevaba dándole vueltas a aquello desde que había llegado allí?

Al apartamento cuya existencia había desconocido.

Raúl la miró con impaciencia.

–Eres transparente, pero yo no juego a esas cosas, Faith. Te lo dije la primera vez que nos vimos. Estaba contigo. No necesitaba a nadie más.

El hecho de que le hubiese leído el pensamiento con tanta facilidad debía haberla molestado, pero se sintió tan dolida al oírlo hablar en pasado, que no le importó.

–Las mujeres te desean...

–Soy un adulto, no un adolescente –replicó él–. ¿Te crees que me meto en la cama con todas las mujeres que me miran?

Era evidente que no, si no, no habría tenido tiempo para trabajar.

Faith intentó respirar con normalidad.

–Pensaba que...

–Ya sé lo que pensabas –la interrumpió–. Y, para tu información, nunca he traído a ninguna mujer aquí. Sólo vengo a trabajar.

Faith apartó la mirada, deseando no haber expuesto tanto de sí misma, de sus sentimientos.

–Esto es tan difícil.

–Eres tú la que lo ha hecho difícil.

–Esperas que confíe en ti, pero tú no confías en mí –replicó ella–. ¿Qué te hizo pensar que te había mentido? Sobre todo, acerca de algo tan importante.

Él se quedó inmóvil.

–No puedes pasearte por Buenos Aires con una de mis camisas.

–Pues no tengo otra cosa.

–¿Te marchaste de Argentina sin nada?

Ella quería retomar la conversación que él había dejado, pero su intuición femenina le advirtió que era mejor así. Si Raúl evitaba aquella conversación, era por algo.

Y, de pronto, quiso comprender ese motivo.

Estaba empezando a darle la sensación de que la estaban castigando por los pecados cometidos por otra persona.

–Me marché muy disgustada, Raúl –de hecho, había tenido suerte de llevar el pasaporte en el bolso–. No me paré a pensar.

–Eso es evidente –respondió él en tono burlón–. Como tampoco pensaste antes de ponerte delante del taxi. No necesitas equipaje, cariño, lo que te hace falta es protección. Contra ti misma.

–Eso no es verdad. Y, de todos modos, no me habría llevado nada. No quería nada tuyo.

–Tú eras mía –dijo él dándole mayor énfasis a sus palabras–. Eras mía. Y yo, al contrario que tú, cuido muy bien de mis posesiones.

Capítulo 6

YO NO soy una de tus posesiones, Raúl.
Él la observó y deseó haber llevado algo de ropa para ella. Al menos así habría tenido alguna oportunidad de concentrarse.

Nunca le había parecido sexy una camisa blanca, aunque Faith conseguía transformarla casi en un artículo de sex-shop.

No era la camisa, sino la mujer.

Faith habría estado sexy hasta con la ropa de su abuela.

Y lo estaba mirando a los ojos, con los suyos, tan verdes e inteligentes.

–Háblame, Raúl –le pidió, como si no tuviese fuerzas para seguir luchando–. Dime por qué piensas así. ¿Hay algo que deba saber? ¿Te ha hecho daño alguien? ¿Hubo alguien que traicionó tu confianza?

Había cambiado de táctica a mitad de la pelea, pero aquel asalto tan suave, era mucho más letal que su ira.

Se estaba acercado. Demasiado. Mucho más de lo que se había acercado ninguna otra mujer.

–No hemos dejado de hablar en todo el tiempo –respondió él con frialdad.

–Tal vez no hemos hablado de las cosas apropiadas.

Raúl eludió un tema que no tenía intención de seguir explorando.

–*Tú* traicionaste mi confianza.

–No –lo contradijo ella–. ¿Cómo puedes pensar eso?

–Porque hiciste todo lo que estuvo en tu mano para que me casase contigo.

–¡Eso no es cierto!

–Entonces, ¿qué pasó? ¿Por qué estamos aquí, casados? Yo no tengo ni idea.

Raúl vio que le temblaban las piernas. De hecho, toda ella estaba temblando tanto que, por un momento, le dio miedo que se desvaneciese. Estaba completamente pálida y parecía estar en estado de shock.

–Estamos aquí porque pensé que era lo que tú querías. Tú me lo pediste, Raúl. Me pediste que me casase contigo.

–¡Porque no me dejaste elección! ¿Has escuchado todo lo que te he dicho durante los últimos diez meses? –preguntó, haciendo un gran esfuerzo por controlar su ira–. Desde el principio te lo dejé claro, no quería casarme, ni tener hijos. Si ése era tu plan, deberías haber salido con otro.

Aunque él mismo nunca habría permitido que se marchase con otro hombre.

–No tenía nada planeado. Vine a Argentina porque el trabajo era interesante y quería conocer algo de Sudamérica. Para mí, no eras más que un nombre. Un tipo que sabía de caballos.

La vio temblar y frunció el ceño.

–Cálmate.

Parecía tan frágil. El hecho de que estuviese cada vez más nerviosa le preocupaba y le exasperaba al mismo tiempo.

–¡No me digas que me calme! ¿Cómo quieres que me calme si estás acusándome de ser una mujer m-m-m –tartamudeó–, maquinadora, que quería atraparte. Fue un accidente. Le ocurre a millones de mujeres todos los días. No tardaste en culparme, pero te recuerdo que no hice el amor yo sola. Tú también estabas allí, Raúl. También estabas en nuestra cama todas las noches. Y en la ducha, en los establos, en tu despacho, en el campo... en todas partes.

Su apasionada diatriba despertó en él imágenes tan claras que tardó un momento en responder.

–Me aseguraste que estabas protegida.

–Pues parece que no hay nada a prueba de bombas.

–En cualquier caso, todos los matrimonios pasan por malas rachas.

–¡Pero no dos horas después de la ceremonia! ¡Te odio, Raúl! –las lágrimas corrieron por sus mejillas y empezó a sollozar. No eran sollozos delicados y controlados, calculados para ablandar a un hombre, sino sollozos de angustia, desgarradores–. Te odio porque no me crees, te odio por haberte casado conmigo a pesar de no ser lo que querías, pero, sobre todo, te odio porque no te importe que haya perdido el bebé.

Raúl maldijo en voz alta y avanzó hacia ella, pero Faith levantó una mano para detenerlo.

–No te acerques a mí. No te atrevas a tocarme.

–Es evidente que estás muy afligida...

–¡Y tú eres la causa de dicha aflicción! Toma una

decisión, Raúl. No puedes acusarme de mentirte y manipularte y luego ofrecerme tu apoyo. Cuando te dije que había perdido el bebé, entonces era cuando necesitaba tu apoyo. ¿Pero qué hiciste? Me acusaste de haberme quedado embarazada a propósito para obligarte a casarte. No sólo perdí el bebé, también te perdí a ti porque me di cuenta de que no podía estar con un hombre que me creía capaz de algo así.

–¿Qué querías que pensase? –preguntó él, furioso por sus injustas acusaciones.

–Quería que pensases que yo nunca te habría hecho algo así. Eso era lo que quería que pensases.

Faith tenía el rostro surcado de lágrimas, pero, por algún motivo, no resultaba patética, ni parecía estar compadeciéndose de sí misma, sino que parecía enfadada y apasionada y estaba muy, muy guapa.

–Sé que te cuesta demostrar tus sentimientos –continuó–, pero di por hecho que me querías. Di por hecho que te preocupabas por mí. Pensé que éramos felices juntos. Así que en esos momentos sólo podía pensar en el bebé, y en lo triste que estaba.

Raúl se dio la vuelta y se pasó los dedos por el pelo.

–Tal vez habría estado bien que me contases lo del aborto *antes* de la boda.

–Si hubiese sabido que eras tan cínico, tal vez lo habría hecho, aunque no sé cuándo. ¡Si llegaste cinco minutos antes de la ceremonia! Si te lo hubiese dicho en ese momento, me habría venido abajo y pensé que a tu imagen no le iba a hacer ningún bien casarte con una mujer llorando.

–Faith...

–Contéstame con sinceridad, Raúl –le pidió con voz temblorosa por la emoción–. ¿Por qué me pediste que me casara contigo? Si tan en contra estabas del matrimonio, ¿por qué me lo pediste? No sé si recuerdas que, cuando te conté que estaba embarazada, te dije que no esperaba que te casases conmigo.

–Sí, eso fue muy inteligente.

–¡No fue muy inteligente! Fue lo que sentía en ese momento –cada vez más nerviosa, Faith empezó a andar por el salón, dándole la espalda, como si no soportase verlo–. Ya era suficientemente malo saber que estaba embarazada y que ibas a enfadarte. ¿Sabes cuánto me costó contártelo? ¿Lo sabes? –se volvió, le brillaban los ojos–. Podía haber desaparecido y haber criado al niño sola, pero no lo hice porque no me pareció bien. Pensé que no sería justo para ti.

Raúl se quedó inmóvil, las nubes negras de su pasado se cernieron sobre él.

–No me habría gustado que hicieses eso –admitió–. No lo habría permitido. Nunca.

–¿Por qué no? Si tanta alergia te da ser padre, habría sido una posibilidad a tener en cuenta.

Para él, no. Tuvo que luchar contra unas emociones que hacía años que no sentía. Se frotó la frente con la esperanza de borrar así los recuerdos. No quería pensar en aquello en esos momentos. Ni más tarde. Nunca.

–Estoy intentando entenderte, Raúl, pero no me estás ayudando.

Él tomó aire.

–Cuando me dijiste que estabas embarazada, no reaccioné mal.

–Te quedaste quieto, como si te hubiesen dado un tiro en la cabeza. ¿Qué está pasando aquí, Raúl? ¿Es algún trauma de los millonarios? ¿Si una mujer se queda embarazada tiene que ser porque quiere tu dinero?

Raúl la observó en silencio. Su relación estaba hecha jirones y no sabía cómo arreglarla porque nunca se había molestado en arreglar una relación. Cuando no iba bien, se terminaba.

¿Por qué no quería que se terminase también aquélla?

–Tienes que tranquilizarte...

–¡Deja de decirme que me calme! Estoy enfadada, Raúl. Enfadada contigo y conmigo misma por haber creído que teníamos algo especial. Me costó mucho decirte que estaba embarazada, pero pensé que nuestra relación era lo suficientemente fuerte para soportarlo. Nos queríamos, o eso pensaba yo, y conseguiríamos que funcionase –se le quebró la voz–. Y luego lo perdí.

–¿Por qué no me lo dijiste? Te llamé esa noche –le recordó–. Te llamé todas las noches. Tuviste la oportunidad de contármelo.

–No podía hacerlo por teléfono... –dijo en un susurro, y se dejó caer en el sofá, como si las piernas ya no la sostuviesen–. ¿Cómo tenía que haberlo hecho? No lo sé... ¿Tenía que haberte dicho: «¿Qué tal el día, querido? Por cierto, he perdido el bebé»?

–Faith...

–Estaba deshecha y tú odias las escenas. Mírate, estás ahí, pensando que ojalá no vuelva a llorar.

–Eso no es verdad –mintió Raúl, pero la risa de Faith le hizo saber que no la había convencido.

Caminó hacia el otro lado de la habitación, sin saber por qué. Había un vacío enorme entre ambos. Física y emocionalmente estaban lo más alejados que podían estar dos personas.

—Todo da igual. Lo que importa ahora es que estamos casados. Y tenemos que encontrar la manera de seguir adelante —dijo por fin.

Pensó en el año de pasión que habían compartido. Le había gustado que ella no supiese quién era la primera vez que se habían encontrado. Le encantaba que la química que había entre ellos fuese salvaje y explosiva, y que no tuviese que ver con quién era él.

E incluso después de conocer su identidad, no había cambiado. Había continuado siendo ella misma, desafiándolo de manera constante, sin remilgos. Acostumbrado a estar rodeado de personas que siempre lo respetaban, Faith había sido toda una revelación. Y, luego, estaba el sexo.

—Raúl, lo nuestro se ha terminado.

—Eres mi mujer. Y quiero volver a tenerte en mi cama.

—¿Es una broma?

Raúl frunció el ceño, desconcertado ante una respuesta tan poco entusiasta.

—Todas las relaciones pasan por malos momentos.

—Esto no es un mal momento, es un despropósito.

—Te he dicho que no vamos a divorciarnos.

—Pensé que no hablabas en serio.

—Estábamos bien juntos.

—En la cama. Estás siendo muy posesivo y machista. Otra vez —dijo. Estaba muy pálida. Se puso de pie de manera tan brusca, que se tambaleó.

Con el ceño fruncido, Raúl se acercó a ella, pero antes de que le diese tiempo a sujetarla, sus piernas cedieron y cayó al suelo, inconsciente.

–Estas cosas ocurren después de un golpe en la cabeza, pero es importante que evite toda tensión innecesaria.

Faith se despertó y vio que estaba en la cama, con un médico inclinado sobre ella.

–No quiero más médicos –gruñó.

–Necesita paz y tranquilidad.

Faith intentó sentarse.

–¿Qué ha pasado?

–Te has desmayado –le dijo el médico con toda tranquilidad.

–Nunca me desmayo.

–No puedes esperar estar completamente bien tan pronto. Tienes que ir recuperándote poco a poco.

–Tenía pensado llevármela de vuelta a la estancia mañana –explicó Raúl, que parecía tenso.

El médico asintió.

–No está lejos, así que no pasará nada, estoy seguro, pero tiene que darse cuenta de que un aborto, seguido de una herida en la cabeza, es demasiado duro de superar –le explicó el médico. Recogió su maletín y salió de la habitación con Raúl.

Unos segundos más tarde, Raúl volvía a entrar en la habitación, con expresión de cautela en el rostro.

–¿Por qué me estás mirando así? No voy a partirme en dos.

–Los médicos piensan que tal vez estés tan exaltada debido al aborto –le dijo–. Creen que te vendría bien hablar de ello.

–¿Hablar? –Faith rió–. No te conocen bien, ¿verdad? Ahora entiendo por qué te has puesto pálido. Te asusta que quiera contarte mis sentimientos más íntimos. Relájate, Raúl. No te los contaría ni aunque fueses la última persona sobre la Tierra.

Él recibió el insulto sin intentar contraatacar, y la estudió con rostro sombrío, en silencio. Luego, dejó algo en su regazo.

Faith lo miró y se le detuvo el corazón.

–Es tu alianza –le dijo él con voz ronca–. La alianza que me tiraste a la cara dos horas después de que la hubiese puesto en tu dedo. Póntela. Eres mía, y no quiero que se te vuelva a olvidar.

Faith recordó cómo se había sentido cuando se la había quitado y se le hizo un nudo en la garganta.

–¿Sabes una cosa? –dijo con voz temblorosa–. Hasta que te conocí, no entendía cómo había mujeres tan estúpidas que lloraban por un hombre. Y aquí estoy, haciéndolo yo.

–Póntela. No deberías habértela quitado.

–Tú no deberías habérmela puesto, teniendo en cuenta lo que sentías –tomó el anillo, pero no se lo puso.

–No quería disgustarte.

–No digas eso, Raúl, porque si has conseguido hacerme tanto daño sin intentarlo, no quiero ni pensar de lo que serías capaz si te lo propusieses.

–Tengo que admitir que pensé en mis sentimientos y no en los tuyos.

Aquella sorprendente confesión dejó a Faith sin

habla. Raúl se sentó en el borde de la cama, la miró fijamente.

–Lo estoy intentando –añadió–. Aquí estoy.

–Reclamando tu posesión, ¿ha sido ésa la palabra que has utilizado? Dame un motivo por el que deba ponerme otra vez este anillo.

–Que me quieres.

La arrogancia de aquel comentario le llegó al alma. ¿De verdad lo amaba? ¿Tan mal ojo tenía para las personas?

–Márchate, Raúl. Ya has oído al médico, tengo que estar tranquila, y contigo cerca no es posible.

–Me quieres, Faith –repitió él con voz peligrosamente íntima.

–¿Quieres tener que explicarle al médico por qué he vuelto a desmayarme?

Él tomó sus dedos fríos entre sus manos calientes y le puso el anillo con decisión.

–No vuelvas a quitártelo. Y ahora, quiero que me digas cómo te sientes.

–No, no quieres –dijo ella riendo–. Los dos sabemos que no quieres hablar de mis sentimientos.

–Eso no es verdad –replicó Raúl apretándole la mano–. Pienses lo que pienses, me importas. Los médicos dicen que tienes que hablar del aborto. Les he explicado que te quedaste embarazada por accidente, pero creen que el impacto emocional es el mismo.

–¿Es que no lo sabías? ¿Pensabas que tenía que dolerme menos por eso?

–No lo sé –respondió él en tono frío y distante–. No tengo nada de experiencia en este tema –ni había querido tenerla.

–No sé por qué estamos hablando de esto.

–Porque los médicos piensan que puede ayudarte. ¿Te dolió, físicamente?

Ella miró hacia el techo, se sentía como si se le fuese a caer el mundo encima, otra vez.

–Raúl, de verdad que no...

–¡Háblame!

–¿Por qué? ¿Quieres ver cómo me deshago, como una madeja de lana? –su risa ahogada fue como una advertencia, un indicativo de que la tensión que estaba creciendo en su interior alcanzaba ya unos niveles peligrosos–. ¿Es eso lo que me estás pidiendo?

–¡Dios mío, no intentes atacarme cuando quiero ayudarte! Dime qué tienes en la cabeza.

Raúl tenía una mano muy cerca de la suya, y Faith ansiaba tanto tocarlo que la sorprendió. No era un hombre capaz de reconfortar a nadie, ¿por qué tenía la esperanza de que lo hiciera con ella?

–Estoy enfadada. Así es como me siento.

–Sí, de eso ya me había dado cuenta yo solo –gruñó él–. ¿Qué más?

–Triste –susurró agarrándose a la colcha que la cubría–. Y me siento culpable. Porque estaba tan preocupada por lo que el bebé significaría para nuestra relación, que no se me ocurrió que podía perderlo. Y ahora me pregunto...

–No fue culpa tuya.

A Faith le sorprendió que le leyese la mente, no le había creído capaz.

–Eso no puedes saberlo. Yo me siento así –dijo, esforzándose por no llorar–. Tal vez el niño sabía que iba a ser un problema para nuestra relación, Raúl.

–Te estás torturando sin motivo alguno.

–Querías saber cómo me siento y te lo estoy diciendo. Me siento culpable. Triste. Decepcionada. Enfadada contigo –tragó saliva antes de susurrar–: Y vacía. Muy, muy vacía. Porque he perdido algo que formaba parte de mí. Parte de nosotros. No estaba planeado, pero lo quería.

–Siempre has sido muy maternal. Te vi ayudando a las yeguas a parir y supe que íbamos a tener problemas.

Faith supo que Raúl estaba reconociendo algo que los dos sabían ya: que aquello siempre sería un problema entre ambos.

–No pensé que eso importase –admitió ella–. No tenía planes de casarme y formar una familia. Los niños eran algo que veía muy lejos, por eso cuando me dijiste que no querías tener hijos, no me pareció tan relevante. Lo único que importaba era que lo pasábamos bien y éramos felices.

–Ése fue siempre el problema.

–Sólo si se pensaba en términos de matrimonio e hijos, cosa que yo no hacía. Para mí no era un problema.

–¿Y ahora? –preguntó él sin separar la vista de su rostro.

–Bueno, no me parece que estemos divirtiéndonos mucho juntos, si es eso lo que me estás preguntando.

Él se puso en pie y la miró de tal manera, que a Faith se le hizo un nudo en el estómago.

–Nunca quise hacerte daño.

–Raúl, no...

–Me encanta estar contigo.

Era lo más parecido a una declaración de amor

que le había hecho nunca y, por un momento, a Faith le costó respirar. Le dio miedo hacer el ridículo y cerró los ojos.

—¿Se te cae la baba por mí, Raúl?

—Tal vez.

Ella gimió.

—Es más fácil tratar contigo cuando estás enfadado y no razonas. ¿Por qué me estás haciendo esto ahora que ya es demasiado tarde?

—No es demasiado tarde.

Si había creído estar confundida antes, en esos momentos lo estaba el doble.

—¿Cómo puedes decir que te importo y hacerme tanto daño?

—Si no me importases, no estarías aquí.

—Nos hacemos infelices.

—Antes de casarnos éramos muy felices juntos. Tenemos que dejar atrás todo esto y seguir adelante. Concentrarnos en nuestra relación.

—Yo no puedo olvidarlo...

—¿Y qué vas a hacer? ¿Continuar así? ¿Meterte debajo de otro coche? ¿Morirte de ansiedad?

—¿Qué quieres de mí? –le preguntó, aturdida.

—A ti –dijo él–. De vuelta a mi cama, que es donde tienes que estar.

Era una afirmación tan machista que Faith cerró los ojos y se odió por tan siquiera pensárselo.

—Me haces daño, Raúl.

—Y tú a mí.

Aquello era cierto, abrió los ojos.

—¿De verdad esperas seguir adelante con nuestro matrimonio?

–Estás disgustándote otra vez y estás muy pálida, así que vamos a dejar el tema hasta que estés más fuerte. Mientras tanto, tendrás que aceptar que estamos casados –se giró y fue hacia la puerta–. Descansa. Yo tengo que trabajar.

Demasiado cansada para discutir con él, Faith se dejó caer sobre la almohada.

Una parte de ella odiaba sentirse tan mal, pero otra estaba tan distraída con su relación con Raúl que no prestaba demasiada atención a su salud.

¿Por qué estaba decidido a seguir casado con ella cuando estaba claro que sólo se había casado por el bebé?

¿Qué podían esperar de su relación?

Entonces recordó lo bien que habían estado, lo mucho que lo había querido.

¿Se atrevería a intentar hacer que funcionase su matrimonio?

Y si decidía hacerlo, ¿cuánto más tendría que sufrir?

Tenía la cabeza llena de dudas y preguntas, y no podía relajarse, así que salió de la cama y fue al salón.

Raúl estaba tirado en el sofá, con los ojos cerrados. Tenía el cuello de la camisa desabrochado, las mangas subidas y la barba empezaba a oscurecerle el rostro.

Parecía agotado y a Faith se le encogió el corazón. Cinco minutos antes había querido abofetearlo, en esos momentos, deseaba abrazarlo.

Confundida y furiosa consigo misma, iba a darse la vuelta cuando lo vio abrir los ojos.

Por un momento, se limitaron a mirarse y ella se ruborizó.

Él rió con cinismo.

—Es complicado, ¿verdad?

—Sí —habría sido una tontería fingir que no sabía de qué hablaba—. No quise obligarte a nada. Pensaba que estábamos bien juntos.

—Y lo estábamos.

—Pero tú jamás habías querido casarte.

—No —contestó él. La expresión de su rostro era indescifrable.

—¿Por qué? Si una relación es buena, el matrimonio la hace todavía mejor.

Su risa le hizo todavía más daño que las duras palabras.

—Y nosotros somos la excepción que confirma la regla, ¿no?

—¿Crees que queda algo entre nosotros?

Él respondió levantándose y yendo hacia ella. Sin molestarse en hablar, la rodeó por la cintura y la apretó contra su cuerpo.

—¿Cómo puedes preguntar eso, cuando lo que hay entre nosotros lleva asfixiándonos desde el día en que nos conocimos?

Sin darle la oportunidad de responder, la besó.

La besó de manera agresiva, pero no le importó, los dos se necesitaban, y reconocían la pasión y la química que los mantenía unidos a pesar de todo.

Faith se excitó, el placer la mareó y se habría caído al suelo si él no hubiese estado abrazándola.

Se besaron con desesperación, sus bocas se fundieron de manera salvaje y temeraria, derribando las barreras que se habían erigido entre ambos.

Faith no se dio cuenta de lo que estaba haciendo hasta que no sintió la mano de Raúl en su pecho.

–No podemos arreglar nuestros problemas con sexo –gimió, pero él siguió besándola–. Raúl, esto es demasiado complicado para resolverlo así...

–La vida es complicada –murmuró él mientras recorría su mandíbula con los labios–. En la vida real, la gente es complicada y se comporta de manera complicada.

–No pensaste en mis sentimientos.

Él levantó la cabeza y la miró.

–Los dos tenemos la culpa de eso.

–A posteriori, me he dado cuenta de que debí contarte antes lo del aborto, pero los motivos por los que no lo hice no eran egoístas.

Él arqueó una ceja y se encogió de hombros.

–Si hay algo que ha quedado claro, es que no nos conocemos tan bien como creíamos –hizo una mueca–. Suele pasar. Por eso terminan algunas parejas en divorcio. Y podemos cambiarlo, Faith. Pero sólo si no te marchas.

Ella lo miró, sin saber qué hacer, llena de dudas. La lógica le aconsejaba una cosa, su corazón, otra.

–Si me quedo, no dejaré que vuelvas a hacerme daño –le advirtió con la voz llena de emoción.

Capítulo 7

ERA EXTRAÑO estar de vuelta en la estancia cuando había creído que jamás volvería allí.

¿Y si estaba cometiendo el mayor error de su vida dándole otra oportunidad a su matrimonio?

Suspiró y miró por la ventanilla de la limusina. Era evidente que era pan comido para un hombre fuerte y arrogante.

Pero sabía que era más que eso.

Lo amaba y eso no podía cambiarlo.

Y amaba Argentina.

A pesar del dolor de cabeza y las náuseas, una parte de ella estaba contenta de estar allí. Después del ruido y el trajín de Buenos Aires, la amplitud de las Pampas era como un refugio.

La belleza del lugar era incomparable.

Al llegar a la curva final del camino, Faith contuvo la respiración.

Raúl casi no había hablado durante el camino, había trabajado con el ordenador y había hablado varias veces por teléfono acerca de la compra de una estancia colindante.

—¿Vas a comprar más terreno?

Él puso una expresión extraña y Faith se dio cuenta de que aquél era un tema que no iba a discutir con ella.

–¿Estás dándome conversación o de verdad te interesan mis negocios?

Habían pasado cuatro días desde su llegada a Buenos Aires y, aparte de aquel beso, no había vuelto a tocarla. Se había pasado el tiempo trabajando. Había dormido en la habitación de invitados y ella no le había hecho preguntas porque no quería parecer insegura.

Pero no dejaba de preguntarse el porqué.

¿Era por su pelo corto? ¿O porque había perdido peso?

Se pasó una mano por el pelo con timidez, y él frunció el ceño.

–No. Me gusta así.

Era el primer piropo que le dedicaba desde que había aparecido en el hospital de Londres.

–¿De verdad?

–Sí –le dedicó una sonrisa un tanto burlona–. Pareces un duendecillo.

–Ah –dijo ella. Habría querido preguntarle si los duendecillos le parecían sensuales, pero se dio cuenta de que ya sabía cuál sería su respuesta. Era evidente que no, porque no se había acercado a ella en los últimos cuatro días.

Y eso la aliviaba, porque todavía no se sentía preparada para volver a hacer el amor con él. Sus sentimientos todavía estaban heridos y antes de comprometerse desde el punto de vista emocional, tenía que asegurarse de que le importaba.

Necesitaba que se lo demostrase.

María, el ama de llaves, corrió por el jardín hacia ellos y Raúl le sonrió de manera cariñosa.

–Buenos días, María, ¿qué tal?

Faith pensó en los días en los que a ella también le había sonreído así y saludó a la señora. Luego, la siguió hasta la lujosa Casa de la Playa, la residencia privada de Raúl.

–Todo está listo –le dijo María a Raúl–. Tal y como ordenó.

Faith apartó la vista del mar y dio un grito de sorpresa. La elegante casa olía a flores y alguien se había esmerado mucho en prepararla para su vuelta. Encima de la mesa había una enorme cesta llena de frutas exóticas y una botella de champán enfriándose en un cubo de hielo.

–Todo ha sido idea de Raúl –dijo María sonriendo con aprobación–. Los recién casados se merecen algo un poco especial.

Faith se ruborizó. María habló de nuevo con Raúl y se marchó, cerrando la puerta tras de ella.

Faith miró a su alrededor, tenía la boca seca.

–¿Se te ha ocurrido a ti?

–Es para demostrarte que soy capaz de ser considerado –dijo mientras descorchaba la botella de champán.

Faith estuvo a punto de decirle que prefería charlar, pero no quiso estropear el momento.

–¿Qué saben tus empleados acerca de las dos últimas semanas?

–No tengo ni idea –contestó Raúl mientras servía dos copas–. No suelo hablar de mi vida personal con ellos.

–Supongo que les has dado alguna explicación de por qué yo no estaba aquí.

–¿Por qué? –preguntó él, sorprendido por la pregunta. Se desabrochó la camisa y fue hacia el dormitorio–. No sé lo que piensan, ni me importa. Y a ti tampoco debería importarte.

Eran tan diferentes, pensó Faith mientras observaba cómo se quitaba la camisa.

–Pues a mí sí me importa lo que piensen –murmuró.

–Pues aprende a que no te importe, porque no todo el mundo es tan generoso como tú. Si quieres saber la verdad, deben de pensar que tienes que ser muy buena en la cama para haber conseguido llevar esa alianza en el dedo.

Ella se ruborizó.

–Ah.

Él sonrió y entró en el dormitorio sin darle la oportunidad de decir nada más.

Tenían tantas cosas de las que hablar.

–¿Raúl? –lo siguió–. No podemos seguir así. Los últimos días has trabajado hasta el agotamiento. No sé si es porque de verdad tienes tanto trabajo o porque estás evitando que estemos juntos, pero tenemos que hablar. Sin enfadarnos, ni hacer acusaciones. Hablar de verdad. Lo que ha pasado no va a desaparecer porque finjamos que nunca ha ocurrido.

Él se quedó inmóvil. Luego, se volvió muy despacio y sus miradas se cruzaron.

Y aquella mirada, poderosa, abrasadora, fue suficiente.

A Faith se le encogió el estómago y sintió deseo.

Él también lo sintió, Faith lo supo porque vio un traicionero brillo en sus sensuales ojos oscuros, y porque se sonrojó.

La atracción los envolvió como una fuerza invisible, haciéndolos arder y conduciéndolos hacia algo que los dos habían estado intentando evitar.

Raúl avanzó hacia ella y la apoyó contra la pared. Su cuerpo la atrapó y tomó su rostro con ambas manos, obligándola a mirarla a los ojos.

—Creo que no vamos a hablar, Faith —le dijo con voz ronca, con la seguridad de un hombre que confiaba en su sexualidad. Y le pasó el dedo pulgar por la mejilla—. Lo único que hemos hecho durante los últimos días ha sido hablar, y estoy empezando a volverme loco.

—Pero no hemos solucionado nada —gimió Faith intentando girar la cabeza. Aunque ambos sabían que era una batalla perdida.

—Es frustrante, ¿verdad? —comentó él riendo, y luego recorrió la línea de su mandíbula con los labios, aumentando el deseo de ambos—. ¿Crees que ha sido fácil dejarte dormir sola, cariño?

—No me he parado a pensarlo —mintió ella en un susurro—. Me hiciste tanto daño que la última cosa en la que me apetecía pensar era en el sexo.

—Si eso fuese verdad, la vida sería mucho menos complicada. Por desgracia para ti y para mí, la química parece superar siempre a nuestro sentido común. Has estado pensando en ello tanto como yo.

—Eso no es verdad —protestó, pero el brillo de sus ojos contradecía sus palabras.

—¿Quieres que seamos sinceros el uno con el otro? Entonces te voy a decir algo con toda sinceridad: te he deseado cada minuto de cada día y cada noche desde que nos conocimos, y nada ha cambiado eso.

Sus palabras la afectaron tanto que no hubo ni una parte de su cuerpo que no reaccionase.

–Entonces, ¿por qué me dejaste dormir sola? Supongo que querías castigarme.

–Quería castigarme a mí mismo –respondió él agarrándola por el trasero de manera inconfundiblemente posesiva–. El médico me dijo que tenía que evitarte los momentos de tensión. Y por cómo me mirabas, di por hecho que sólo mi presencia te estresaba.

Faith notó la erección de Raúl contra su cuerpo y fue incapaz de pensar.

–Me pregunté por qué... Me habías dicho que estaba delgada... –dijo intentando respirar, y odiándose por expresar en voz alta sus inseguridades–. Y no dejabas de mirar mi pelo... Ya no me encuentras atractiva.

–Tienes razón. No te encuentro nada atractiva –comentó en tono burlón.

–No deberías hacer esto. Sólo vamos a empeorar las cosas –protestó justo antes de que la besase.

–¿Cómo vamos a empeorarlas todavía más, cariño? Estoy hecho de carne y hueso, no de piedra, y las últimas semanas han sido insoportables.

Ella intentó mantener el sentido común.

–Pensaste que me había quedado embarazada a propósito...

–Dios mío, ¿por qué sacas eso ahora? ¡Ya no importa! Esto es lo único que importa –tomó su rostro entre las manos y la besó hasta hacerle perder el sentido.

Faith se agarró a sus hombros, excitada y aterrada al mismo tiempo por un deseo que amenazaba con consumirla.

A pesar de saber que iba a sufrir todavía más, no pudo evitar responder. Estaba tan sumergida en lo que estaba sintiendo que ni siquiera se dio cuenta de que Raúl le había desabrochado el vestido y se lo había quitado, dejándola en ropa interior.

Él estaba completamente excitado y Faith dio un grito ahogado al notar que le acariciaba el pecho con pericia a través del sujetador.

Habría sido imposible no responder, así que se arqueó contra él de manera desesperada, notando su erección al mismo tiempo que la explosión de calor en su propio sexo.

Él siguió besándola, acariciándole los pechos hasta volverla loca. Sólo entonces bajó las manos.

Salvaje y desesperada, Faith levantó una pierna y la abrió y él se la agarró. Unos meses antes aquella postura la habría hecho sonrojarse, pero en esos momentos estaba demasiado excitada para mostrarse tímida. Todo su cuerpo estaba fuera de control. Notó que Raúl metía la mano por debajo de la fina tela de sus medias y Faith se apretó contra ella. Sólo los separaba una capa de seda, pero era demasiado. Gimió y levantó las caderas, desesperada por que la acariciase *allí*.

Pero no lo hizo.

En su lugar, los atormentó a ambos prolongando ese momento que tanto ansiaban, controlándose a pesar del deseo que los consumía.

Faith bajó la mano hacia su sexo y él rompió el beso y gimió.

—Faith...

Desesperada, luchó con la cremallera del pantalón, metió la mano dentro y se encontró con su cálido poder masculino. Al tocarlo de manera tan íntima, sintió otra explosión de deseo.

—Me estás volviendo loco, cariño –gimió, metiendo por fin los dedos por debajo de la barrera de seda que los separaba.

Eso era lo que Faith había estado deseando, dijo su nombre y cerró los ojos al sentir que su cuerpo se contraía alrededor de sus dedos. No se reconocía cuando estaba con él. Sintió que iba a llegar al clímax y entonces Raúl retiró la mano y la besó.

Estaba tan aturdida que casi no se dio cuenta de que la levantaba, con las piernas alrededor de la cintura. Tuvo un breve momento de lucidez y se dio cuenta de que iba a entrar en ella.

—No, Raúl. No.

Él se quedó inmóvil, respirando entrecortadamente, a punto de penetrarla.

—¿No? –dijo con la voz ronca, con incredulidad–. ¿Qué quieres decir con eso de no?

—Que tenemos que parar. ¡Bájame!

Raúl se sonrojó. Dudó un momento y luego la dejó en el suelo. Se apartó y apoyó ambas manos en la pared, respiró profundamente, intentó recuperar el control.

—Raúl...

—No. Dame un minuto.

Ella lo observó, sin saber qué hacer ni qué decir. Cerró los ojos para no seguir viéndolo.

Se preguntó qué tenía aquel hombre que le hacía olvidarse de sí misma.

Finalmente, Raúl se dio la vuelta, le ardían los ojos.

–¿Qué ha pasado? –preguntó subiéndose los pantalones–. ¿Ha sido una broma o un castigo?

–Ninguna de las dos cosas –respondió ella. Temblando, recogió su vestido y se tapó con él como si fuese un escudo –. No nos hemos puesto protección –contestó–. Teniendo en cuenta que no quieres tener hijos, eres demasiado descuidado, ¿no crees?

–No soy descuidado –replicó después de un breve silencio–. O no suelo serlo. Se me había olvidado que no utilizas ninguna protección.

–La utilizaba –puntualizó ella–. Dejé de tomar la píldora cuando me enteré de que estaba embarazada. Y no he vuelto a tomarla después de perder al bebé.

Apartó la mirada de él, pero el ambiente estaba cargado de tensión.

–Bueno, pues es un problema que tenemos que solucionar cuanto antes mejor.

–No, no tenemos nada que solucionar. De hecho, ni siquiera deberíamos estar pensando en sexo cuando las cosas son tan complicadas entre nosotros.

–Sólo hemos pensado en el sexo desde que nos conocimos, cariño, y lo sabes.

–Y ése es nuestro problema, ¿verdad?

–¿Problema? –arqueó una ceja–. El hecho de que seas capaz de satisfacerme en la cama es algo muy bueno para nuestra relación. No creo que sea un problema.

–¡No puedes basar una relación en el sexo!

–No infravalores su importancia.

–Sé que es importante, pero si es lo único bueno de nuestra relación, vamos muy mal, Raúl. Un matrimonio se basa en la confianza y en el afecto. Tenemos que hablar.

—Si quieres hablar, llama a una amiga —contestó él yendo hacia el dormitorio, dejándola sola.

Faith lo siguió.

—No te puedes marchar a mitad de una conversación porque no te guste el tema...

—¡Ahora, no, por favor! Eres una mujer inteligente. ¿No te das cuenta de lo que está pasando? Vístete o vete.

—Pero...

—Faith... —el tono era de advertencia—. Te estoy diciendo que si te quedas ahí desnuda, terminaré lo que hemos empezado, con o sin protección.

Sorprendida por la franqueza de sus palabras y por la violencia de su reacción, dio un grito ahogado.

—En estos momentos no me interesa hablar —añadió—. Sólo me interesa el sexo. ¿Me convierte eso en una persona frívola? Sí, es probable, pero ya te advertí que no era buena idea intentar cazarme. Recuérdalo antes de que empieces a querer cambiarme.

—Yo no quiero cambiarte —dijo ella con sinceridad—. Sólo quiero entenderte.

—Yo creo que no, porque lo que estoy pensando en estos momentos es que o me doy una ducha de agua fría, o me meto contigo en esa cama. Tú eliges, cariño.

—Estás portándote así a propósito.

—Estoy siendo sincero. Pensaba que era lo que querías, pero me parece que lo que tenemos los hombres en la mente no es lo que queréis oír las mujeres.

Faith se dio la vuelta, fue hacia la puerta.

—Será mejor que te deje solo. Hasta luego.

—Cuando volvamos a vernos, habré solucionado el problema de la contracepción y tendrás que buscarte otra excusa —dijo él abriendo la puerta del baño—. Por cierto, tenemos invitados a cenar. Llegarán dentro de dos horas y, como no quiero desconcentrarme pensando en sexo, quiero que busques en tu armario un vestido que te tape de pies a cabeza.

—Raúl...

—Haz lo que sea necesario para taparte. ¡Ponte un abrigo si quieres! —y con eso, cerró la puerta del cuarto de baño de un golpe.

Dios santo, lo estaba volviendo loco.

Raúl golpeó los mandos de la ducha con la mano y dejó que el agua helada le corriese por el cuerpo.

Cerró los ojos, apretó la mandíbula e intentó relajarse. Todos los músculos de su cuerpo estaban tensos.

Se quedó allí hasta que pensó que iba a pillar una neumonía antes de aplacar su sed de ella.

No estaba acostumbrado a sentir frustración sexual, así que respiró hondo e intentó utilizar su cerebro para calmar a su cuerpo.

No había pretendido acariciarla así, no sabía lo que le había pasado. Él, que se enorgullecía de su fuerza de voluntad, se había dejado llevar por el deseo como un animal.

No sabía qué era lo que más le enfadaba, si que ella hubiese parado, o el hecho de haber estado tan loco por ella, que se le había olvidado la protección.

Era la primera vez que le ocurría.

Hiciese lo que hiciese, se comportase como se comportase, nunca había deseado tanto a una mujer.

Gimió, frustrado, y se enrolló una toalla alrededor de la cintura.

Pensó en el matrimonio. Lo había evitado durante toda su vida y, no obstante, en esos momentos estaba casado.

Lo que había sido una relación satisfactoria, se había transformado en un campo de minas emocionales.

«¿Y ahora, qué?», se preguntó en tono burlón.

Era evidente que, como cualquier otra mujer, Faith quería que hablasen. Aunque él sabía que si le contaba lo que tenía en mente, su matrimonio no duraría mucho.

Tal vez después de lo que le había dicho, no volvería a preguntarle en qué pensaba.

Aunque probablemente lo mejor era que él también hiciese algo por la relación y le demostrase que no sólo se trataba de sexo. No tenía que ser tan difícil. Quizás no creyese en el amor, pero le gustaba el lado emocionante e intelectual de tener una relación. Y le gustaba que ella fuese lo suficientemente inteligente para desafiarle cuando discutían. Podía hablar de todo con ella.

De hecho, estaba preparado hasta para ser comprensivo y cariñoso, siempre y cuando no tuviese que compartir sus pensamientos con ella.

Si eso quedaba claro, su matrimonio iría bien.

Capítulo 8

FAITH miró al espejo, casi sin ver su reflejo.
¿Qué estaba haciendo allí? ¿Cómo había llegado
a ese punto?

Era una mujer inteligente que podía estar centrada
en su carrera, en vez de consentir los caprichos de un
multimillonario imprevisible, y estar preguntándose
si aquél era el vestido adecuado.

Impaciente, se giró un poco y volvió a mirarse en
el espejo, preguntándose si debía cambiarse. No tenía
ni idea de cómo tratar a Raúl cuando estaba de tan
mal humor.

Tenían dos ideas completamente diferentes acerca
del matrimonio. Acerca de la vida.

Para él, el sexo parecía ser suficiente.

Todavía afectada por la explosión de pasión que
los había consumido a ambos, levantó la mano y se la
llevó a los labios, en los que todavía tenía el sabor de
su lengua y el calor de sus besos.

Raúl había perdido el control. Y ella también.

Parar había sido muy difícil, le había costado más
que irse de Argentina, porque eso le había parecido que
era lo que tenía que hacer.

Sin embargo, en esos momentos, no sabía si lo
que había hecho un rato antes había sido lo correcto.

Lo único que sabía era que le hervía todo el cuerpo y que el deseo corría por sus venas como una peligrosa droga.

Cerró los ojos e intentó apartar de su mente las imágenes eróticas que la acosaban. Tenía que dejar de pensar en el sexo. Así que, con ese objetivo en mente, accedió de buen gusto al deseo de Raúl de vestirse de manera recatada.

En el armario, encontró un sencillo vestido negro, sin escote y que le llegaba hasta los pies. No tenía ni idea de si iba demasiado elegante para la velada, porque Raúl no se lo había dicho. Lo único que sabía era que, al mirarse en el espejo, sólo quedaban al descubierto sus brazos.

Satisfecha, entró en el salón con piernas temblorosas. Estaba al lado de la puerta, mirando hacia la playa, cuando lo oyó entrar y se le hizo un nudo en el estómago.

Se aseguró de que tenía las defensas en su sitio, tomó aire y se giró.

Él estaba tan elegante y guapo como siempre.

—Estoy seguro de que ese tipo, sea quien sea, se va a quedar de piedra cuando te vea —le dijo Faith—. Das miedo cuando te vistes para hacer negocios, ¿lo sabías?

—El aspecto es importante.

Faith sabía que, a pesar de utilizar su aspecto en su favor, Raúl Vázquez era, además, un hombre brillante.

Él la recorrió con la mirada.

—Te he dicho que no te pusieras nada provocativo.

—Este vestido no es provocativo.

–Si piensas eso es que no te has mirado al espejo.

Confundida y exasperada, se miró ella también.

–Dijiste que no mostrase ni el escote ni las piernas.

–Pero enseñas los brazos.

Levantó la cabeza y lo miró.

–¿Los brazos?

–Es carne desnuda, cariño. Si veo tus brazos, puedo imaginarme el resto de tu cuerpo. Y si mi imaginación se pone a funcionar, no podré concentrarme en los negocios.

–En ese caso, no me lleves. Déjame aquí.

Él sonrió.

–Una de las ventajas de tener una esposa –respondió–, es que la puedes presentar cuando la ocasión lo requiere.

–¿Y ésta lo requiere?

–Sí, da la casualidad de que sí. Ponte un chal.

–¿No prefieres que me ponga un abrigo largo? –sugirió ella en tono ácido.

–Buena idea. Te quitas el vestido y te pones sólo el abrigo. Así lo tendré más fácil después. Y esta vez no tendrás excusas para detenerme.

–Eres un obseso, ¿lo sabes?

–Que me guste el sexo es algo saludable y natural en un hombre. ¿Qué hay de malo en ello?

–Nada. Pero hay otras cosas además del sexo. Podríamos tener una conversación.

–Sí. Hablar puede llegar a ser un acto muy íntimo. Antes y después del sexo.

Le estaba tomando el pelo y estaba consiguiendo ponerla nerviosa.

–Hablar no forma parte del sexo.

–¿Y no te parece que esto son juegos preliminares? –murmuró con voz sexy–. Estamos hablando, pero pensando en el sexo al mismo tiempo...

–Raúl, por favor, no me hagas esto –estaba confundida, no podía pensar con claridad.

–Los dos sabemos lo que va a pasar después. Y los dos estamos preguntándonos cómo será y si podremos esperar tanto.

–Yo no estoy pensando en eso –protestó Faith.

–Mentirosa.

Apartó la mirada de la de él. Sólo si no lo miraba cabía la posibilidad de que su cerebro funcionase.

–Para un hombre tan inteligente, tus objetivos son muy frívolos.

–¿Te gustaría que me metiese contigo en la cama y pensase en leer un libro?

–¿Sabes pensar en otra cosa que no sea el sexo?

–Sí, a veces también pienso en los negocios –se echó hacia delante y la besó en los labios–. Y, ahora, será mejor que dejes de distraerme.

–No soy yo, eres tú, tú has empezado esto.

Faith estaba empezando a estresarse y él debió de darse cuenta porque le puso la mano debajo de la barbilla y le levantó la cara.

–Estás pálida.

Ella se encogió de hombros, intentando no dejar ver cómo la hacía sentir.

–Es por el jet lag. Estoy cansada.

–No, no es eso, te he visto con mejor color después de pasarte toda la noche trabajando con los caballos –escrutó su rostro–. ¿Estás mareada? ¿Quieres que llame al médico?

–No.

–Si durante la velada te sientes mal, dímelo y dejaré que vuelvas a casa y te metas en la cama –sonrió–. ¿Ves como puedo llegar a ser comprensivo y cariñoso?

–¿En la cama contigo o sin ti?

–Los dos sabemos que te sentirías ofendida si no fuese conmigo, cariño –dijo en tono divertido–. Me acusarías de que no me pareces atractiva, ¿no?

Mientras iban hacia la puerta, Faith pensó que era un caso perdido. Intentó pensar en algo, en cualquier cosa, que no fuese él.

–La gente con la que vamos a cenar... –empezó, mirándolo–... ¿Necesito saber algo de ellos? No quiero meter la pata. ¿Quiénes son?

–Tienen tierras –contestó Raúl tomándole la mano para que recorriese a su lado el camino hasta la entrada principal–. Tierras que quiero.

–Ya tienes cuatro mil hectáreas. ¿Para qué quieres sus tierras?

–¿Por qué conformarse con menos cuando se puede tener más?

Pero Faith vio en sus ojos que había algo más.

–En otras palabras, que tienes un buen motivo, pero no quieres contármelo.

Él rió.

–Me encanta que tengas un cerebro tan despierto.

–Siempre y cuando no lo utilice –replicó ella.

Raúl volvió a besarla en los labios.

–Sabes bien –murmuró.

–Siempre haces lo mismo. Eres desesperante. Utilizas el sexo para hacerme callar.

–No es verdad –dijo él bajando los labios a su cuello, excitándola.

–Estás haciéndolo otra vez. Para ya, Raúl.

–¿Quieres que pare?

–No. Sí... –Faith cerró los ojos–. No lo sé. ¿Dónde has aprendido a besar así?

–Nací sabiendo –contestó él con arrogancia, y le guiñó un ojo–. En Argentina, los hombres saben cómo ser hombres. Y eso implica ser un maravilloso amante.

–Tu ego es enorme.

–Esto no es mi ego, cariño...

Consciente de que estaba excitado, Faith se apartó de él.

–Ya vale –levantó una mano para detenerlo, a pesar de estar también ardiendo de deseo–. Quédate ahí y no te muevas durante un minuto.

–Me encanta que seas una mujer tan sexual.

Faith apretó los dientes.

–¡Te he dicho que ya vale! No me beses más. No puedo mantener una conversación contigo mientras me besas.

–Por eso lo hago –contestó él en tono burlón.

Confundida, y con todo el cuerpo temblando, Faith lo miró fijamente.

–¿Sabes que utilizas el sexo para evitar hablar de temas difíciles?

–No resuelvo los problemas discutiéndolos en un comité.

–Yo no soy un comité, soy tu mujer.

–Sí, y sabías con qué tipo de hombre te casabas –dijo en tono algo más duro, pero sin dejar de mirarla a los labios–. Si no quieres que piense en sexo, no te vistas de manera provocativa.

–Entonces, ¿qué me pongo? Porque no lo sé. Y no me mires así.

–Es que no te entiendo. ¿Preferirías no parecerme atractiva?

–No, por supuesto que no. Pero me gustaría que en nuestra relación hubiese algo más que el sexo.

–¿No te gusta que quiera hacer el amor contigo día y noche?

A Faith se le encogió el estómago, apartó de nuevo la mirada de él.

–Claro que sí, a cualquier mujer le gustaría, pero...

–Entonces, ¿cuál es el problema?

–Me siento como si estuviese dándome cabezazos contra una pared.

–Eso debe de ser por el accidente.

Tuvo ganas de darle una bofetada por haber hecho ese comentario, pero vio en su expresión que lo había dicho en broma.

–Te odio, ¿lo sabías?

–Sí, cariño –volvió a tomarla entre sus brazos y apretó sus caderas contra su cuerpo–. Sé cuánto me odias. Más o menos como yo a ti.

–Tenía una carrera antes de conocerte –gimió Faith, pero él la acalló metiéndole la lengua en la boca y moviéndola de tal manera que la cabeza empezó a darle vueltas.

Luego, Raúl levantó la vista y la miró con satisfacción.

–No tengo nada en contra de tu carrera. Soy un hombre muy moderno.

Faith se habría reído si le hubiesen quedado energías.

–¿Moderno? A tu lado, los hombres del neolítico eran progresistas. No sé por qué estoy contigo. Antes tenía un cerebro.

–Y sigues teniéndolo, cariño.

–Entonces, ¿por qué estoy aquí, besándote?

–Porque soy el mejor en todo lo que hago –dijo él en clave de humor–. Y tu cerebro está ocupado respondiendo. Me encanta tu cerebro, nunca pienses lo contrario –la miró a los ojos–. Y, ahora, será mejor que nos marchemos, van a llegar nuestros invitados.

Y aquél fue el final de otra conversación. Raúl la había dejado hecha un manojo de nervios, pero no había revelado nada acerca de sí mismo.

–Si la negociación de esta noche de verdad te importa, ¿por qué quieres que te acompañe? Es evidente que te distraigo.

–Porque quiero que estés conmigo.

Faith se resignó. No iba a obtener más explicaciones que aquélla. Recogió el bolso que había dejado caer al suelo cuando Raúl la había besado.

–¿Y qué papel voy a desempeñar? ¿Podré hablar? ¿O finjo que me han lobotomizado?

–Eres mi esposa –contestó él sonriendo de manera encantadora.

–Te odio cuando haces eso –murmuró ella.

–¿El qué?

–Ya lo sabes. Utilizas esa sonrisa siempre que estás perdiendo en una discusión.

–¿Perder? –frunció el ceño–. ¿Qué es eso de perder? No conozco la palabra.

—Muy gracioso —dijo Faith haciendo una mueca—. Tal vez te avergüence esta noche. Ya sabes que no soy nada comercial, no creo ser capaz de causarle una buena impresión a un hombre de negocios.

—A mí me causaste buena impresión. Y soy un hombre de negocios.

El corazón se le encogió ante aquel inesperado piropo.

—Eres muchas cosas.

—Un hombre desesperado. Eso es lo que soy en estos momentos, cariño. Gracias a ti.

—Pensé que íbamos a evitar hablar de sexo.

—Sí —suspiró frustrado—. Es culpa tuya.

—Entonces, ¿qué quieres que haga esta noche? —preguntó ella para cambiar de tema.

—Intenta no llamar la atención para no distraerme. Es una negociación complicada y necesito estar concentrado —le agarró la mano y la llevó hacia la casa principal. Justo entonces vieron aparecer un coche en el camino.

—¿Muy importante? ¿Vas a decirme cómo de importante?

Él no respondió. Faith lo miró y vio que estaba observando el coche que se acercaba. Raúl dejó de ser el hombre sexy y encantador de un momento antes y se volvió frío e intimidante.

El coche se detuvo entre una nube de polvo y un hombre se bajó de detrás del volante. Era muy corpulento y estaba sudando. Debía de tener unos cincuenta años, llevaba la camisa desabrochada en el cuello y el pelo cuidadosamente peinado para disimular su incipiente calvicie.

–Vázquez, creo que tengo que darte la enhorabuena –fue lo primero que dijo.

–Pedro –Raúl le tendió la mano.

Faith vio cómo se abría la otra puerta y salía con movimientos elegantes una mujer.

De repente, se dio cuenta de por qué aquel hombre parecía decidido a conservar su juventud a pesar de los años. La mujer era impresionante. Era al mismo tiempo esbelta y curvilínea y su pelo negro como el carbón brillaba sobre sus hombros. No parecía afectarle el calor. Se quitó las enormes gafas de sol que llevaba puestas y quedaron a la vista unos ojos sorprendentemente cálidos. Sonrió con simpatía y se acercó a Faith tendiéndole la mano.

–Así que Raúl por fin se ha lanzado a la piscina –comentó en tono alegre. Entrelazó el brazo con el suyo, como si fuesen viejas amigas y no dos extrañas–. A la mitad de Argentina le gustaría matarte, la mitad femenina, por supuesto. La mitad masculina debe de estarte agradecida. Por fin pueden dormir tranquilos sin preocuparse por sus mujeres. Me llamo Sofía.

Confundida por la sinceridad de la otra mujer, Faith no supo qué responder, así que miró a Raúl, pero él estaba hablando con Pedro. Al darse cuenta de que no le prestaba atención, se volvió hacia Sofía y se quedó helada.

La otra mujer estaba mirando fijamente a Raúl, con deseo. Luego volvió la vista a Faith y sonrió.

–Ups, lo siento. Me has pillado. Pero tienes que admitir que es muy guapo. Estoy segura de que estás acostumbrada a que las mujeres lo miren.

Sorprendida de sentir celos, miró a la otra mujer a los ojos y todo su mundo cambió.

—¿Lo conoces bien?

No sabía por qué había hecho esa pregunta, cuando ya conocía la respuesta.

—Bastante bien. Oh, vaya, qué bocazas. Es evidente que no habéis hablado de su pasado. Sabia decisión. Si yo estuviese con Raúl, tampoco querría conocer su pasado. Una de las desventajas de casarse con un hombre rico y guapo es saber que todas las demás mujeres también lo desean.

—Sofía... —oyeron decir a Raúl detrás de ellas.

Sofía se volvió.

—Querido, no es necesario que utilices ese tono. Estoy tan contenta de que por fin hayas encontrado a alguien con ganas de soportar tu comportamiento machista y dominante. ¿Cómo estás? Tienes buen aspecto, aunque no hay nada de nuevo en eso.

Antes de que a Raúl le diese tiempo a responder, Pedro se acercó. Al parecer, no se había enterado de qué iba la conversación.

—¿Por qué no nos resguardamos del calor?

—Por supuesto. Vamos a tomar algo en la terraza.

Faith miró a Raúl sorprendida. ¿Eso era lo único que iba a decir?

Era consciente de que el tacto y la sensibilidad no eran dos de sus puntos fuertes, pero, aun así, no podía creer que hubiese invitado a cenar a su ex amante y no se lo hubiese dicho.

Tenía que ser una desafortunada coincidencia.

Quiso creer que Raúl no sabía que esa mujer iría con Pedro, que iba a echarla de un momento a otro de allí, porque la alternativa era tener que reconocer que, una vez más, no había pensado en sus sentimientos.

—En la terraza se está más fresco –comentó Raúl

Faith se estremeció. Así que aquello iba a ser todo.

Era evidente que esperaba que sonriese y charlase con su ex, mientras él se centraba en el negocio.

Por eso no le había dicho lo que esperaba de ella.

Raúl cruzó el jardín al lado de Pedro, no parecía incómodo. A ella le dieron ganas de tomar la dirección contraria, pero no pudo hacerlo porque la otra mujer la llevaba agarrada del brazo.

—Hacía mucho tiempo que no venía por aquí –comentó Sofía.

Faith no se molestó en contestar, estaba demasiado ocupada pensando en cómo matar a Raúl, y muy enfadada consigo mismo por ser tan estúpida. Había bastado que le dijese que quería que su matrimonio funcionase para volver corriendo con él.

Le había hecho mucho daño, pero no había aprendido la lección. Se preguntó si Raúl estaba siendo así de cruel a propósito. Si lo hacía todo para recordarle que se había casado con ella por obligación.

Se sintió aturdida y, por un momento, temió volver a desmayarse.

Apretó los dientes y respiró profundamente. Luego, aceptó una copa de champán que le ofrecía un camarero y la vació en dos tragos.

Consciente de la mirada desaprobadora de Raúl, levantó la copa vacía en su dirección.

—Por nosotros, cariño. Y por todos esos pequeños detalles que me demuestran lo mucho que me quieres.

Él entrecerró los ojos, pero no llegó a contestar porque Pedro levantó también su copa y dijo:

–¿A qué te dedicas, Faith?

–Está casada con Raúl –murmuró Sofía–. Lo que significa que se pasa el día intentando estar guapa.

–Soy veterinaria. Especialista en caballos. Raúl tiene un programa de cría muy interesante, por eso vine aquí –contestó.

–¿Un programa de cría? Bueno, si hay alguien a quien le vendría bien aprender de eso, es Raúl. Probablemente, la cría sea la única faceta de la vida en la que no tiene ninguna experiencia. No me lo imagino cambiando un pañal.

Faith miró a Raúl, que estaba mirándola a ella.

–Faith tiene un gran talento –lo oyó decir–. En especial con los caballos.

«¿No se va a dar cuenta de que estoy disgustada?», se preguntó ella.

Decidió que no quería hincharle el ego todavía más demostrándole cómo se sentía y se mantuvo firme.

Aparentemente ajeno a la tensión que se respiraba en el ambiente, Pedro comentó:

–Uno de mis sementales se está portando mal, da coces, muerde al mozo de cuadra, no me sorprende, es el producto de una vida muy difícil. Ha nacido siendo malo.

–Ningún caballo nace siendo malo –lo contradijo Faith–. Es el modo en que lo han tratado lo que hace que sea así. Si se comporta mal es para defenderse de algo –miró a Raúl a los ojos–. Todos somos malas personas en potencia si nos provocan lo suficiente.

Raúl frunció el ceño, pero Pedro se limitó a asentir, seguía centrado en su problema.

—Tal vez tengas razón. Si te soy sincero, no sé nada de su pasado. No estoy seguro, pero creo que necesita que le enseñen quién manda.

Faith rió.

—Por experiencia, hacer alarde de poder no suele tener el efecto deseado. Siempre me ha parecido que la gente responde mejor cuando hay confianza y respeto.

—¿La gente? —inquirió Pedro—. Pensé que estábamos hablando de caballos.

—Caballos, personas —Faith se encogió de hombros—. Los principios son los mismos.

Raúl le lanzó una mirada de advertencia.

Y, de repente, Faith se preguntó si le importaba algo más que la adquisición de riqueza.

Pedro vació la copa de champán.

—¿Estás permitiendo que una mujer diga cómo criar a tus caballos, Vázquez?

—Sólo contrato a los mejores profesionales.

Pedro frunció el ceño.

—Creo que eres la primera mujer veterinario que conozco.

—Pues somos más o menos como los hombres —contestó ella, dándole un trago a su copa—. A veces un poco más pequeñas porque no necesitamos espacio para el ego en nuestro cuerpo.

Sofía rió, encantada.

—Adoro el sentido del humor inglés.

Pedro se sacó un pañuelo y se secó el sudor de la frente.

–Sé que no es políticamente correcto decirlo, pero yo sigo sin creer que una mujer pueda hacer lo mismo que un hombre.

–Y estoy de acuerdo –dijo Faith–. Por mucho que lo intento, no consigo ser cruel e insensible. Por suerte, ese defecto en mi carácter no me impide ser una buena veterinaria. En general, los animales responden bien a las caricias de las mujeres.

Pedro se dio cuenta por fin de que la conversación era un poco rara, y miró a Raúl, que no parecía en absoluto preocupado.

–Como ves, mi mujer es tan briosa como los caballos a los que tanto quiere. Además, es muy buena veterinaria.

–En ese caso, ¿por qué no tiene su propia clínica?

–Porque me conoció a mí –murmuró Raúl–. Y yo le desbaraté los planes de carrera.

–Hiciste que los pospusiera –lo corrigió Faith–. Puedo volver a trabajar cuando quiera.

–Así que te enamoraste –comentó Sofía sonriendo.

–¿Quién no se enamoraría de Argentina? –dijo ella intentando confundirla–. Es un país fascinante, precioso. Y el lugar perfecto para practicar la medicina equina.

–Es muy peligroso en el establo –comentó Pedro, retomando el tema de su caballo–. No podemos dejarlo salir, lo destroza todo.

–Los caballos son animales que viven en manadas –dijo Faith–. Les gusta el contacto social. En especial, a los sementales. Son dominantes y autoritarios por naturaleza.

–Cualquiera diría que estás definiendo a Raúl

–soltó Sofía–. Dominante, autoritario, difícil de manejar...

Faith la miró, sorprendida. Tenía razón.

Pensó en todos los sementales que había tratado, que al parecer no pensaban en el efecto que tenían en las personas que los rodeaban.

Raúl no debía de haber invitado a su ex amante con el propósito de disgustarla a ella. Lo había hecho sin pensar. Aunque eso no tenía por qué ser una disculpa.

Faith se preguntó cómo iba a ser feliz con un hombre que pensase tan poco en sus sentimientos.

Por su parte, Pedro estaba concentrado en sus pensamientos, no parecía haber oído el comentario de su mujer.

–Puede que te lo mande, si es que tienes experiencia en estos casos. Tal vez sea demasiado para ti.

–No hay nada demasiado difícil para Faith. Es muy lista.

–No tiene nada que ver con la inteligencia –dijo ella–. Sólo hace falta paciencia y comprensión.

–Ahora sí que estoy confundida –rió de nuevo Sofía–. ¿Estamos hablando de Raúl o del semental? Lo que es evidente es que Faith tiene experiencia con hombres difíciles, porque a ti ha conseguido llevarte al altar –volvió a tomar a Faith del brazo–. Y ahora, cambiemos de tema. Raúl, si no me das de comer pronto me voy a ir con tus caballos, seguro que a ellos los cuidas mejor.

Capítulo 9

DISFRUTARON de un típico asado argentino y ya era de noche cuando Faith y Raúl se despidieron de sus invitados y regresaron a la Casa de la Playa.

Furiosa con él por haberla herido, y todavía más consigo misma porque le importase, Faith caminó delante, golpeando el suelo con fuerza. Prefería no hablar por miedo a explotar, ya que no sabía si lo haría con ira, o con lágrimas.

—Cuando estás enfadada tu cuello parece más largo —comentó Raúl desde detrás, ella aligeró el paso—. No te esfuerces, tengo las piernas más largas que tú y ando más rápido.

Ella se volvió, como un animal acorralado, dispuesta a pelear.

—¿De verdad quieres que tengamos esta conversación aquí? Piénsalo bien, Raúl, porque no creo que quieras público.

Él se desabrochó el botón del cuello de la camisa con aparente despreocupación.

—Creía que ya habíamos hablado suficiente por hoy.

—Si quieres evitar que hablemos, no invites a tu ex novia a cenar a casa, o ten la cortesía de avisarme antes.

Raúl frunció el ceño, se puso a la defensiva.

–Dado que tú eres la única con una alianza en el dedo, no deberías ponerte celosa.

–No se trata de celos, sino de educación –replicó Faith sin dejar de mirarlo a los ojos–. ¿Qué habrías hecho tú si te hubieses dado cuenta de que yo había invitado a un ex novio a cenar?

–Lo habría tumbado de un puñetazo –respondió él en tono frío–, pero eso es diferente.

–No es diferente. Tengo sentimientos, Raúl. Estaría bien que lo recordases.

Cuando entró a casa, Faith temblaba tanto que casi no se tenía de pie. Dejó caer su bolso en el suelo y fue directa al dormitorio. Se quitó los pendientes y los dejó en la mesita de noche.

–No entiendo cuál es el problema –dijo Raúl al entrar en la habitación, enfadado.

Faith se mordió el labio inferior para evitar llorar.

–Ya sé que no lo entiendes –murmuró–. Y ése es el problema. Que pareces incapaz de dejar de hacerme daño. Nunca piensas en mis sentimientos y yo me había prometido que no iba a permitir que volvieses a hacerlo.

–Esa acusación me parece muy injusta. No te lo dije para proteger tus sentimientos.

–En otras palabras, sabías que me disgustaría.

Se dio la vuelta para mirarlo y deseó no haberlo hecho, porque el impacto físico casi anuló su cerebro. Era tan guapo, tan masculino.

–Pensé que te comportarías como cualquier otra mujer, y así ha sido.

–Me ha pasado vuestra relación por las narices.

Me ha dicho que eres guapísimo –dijo imitando a la otra mujer a la perfección–. Ya veremos lo guapo que estás cuando te ponga un ojo morado.

–Te estás comportado de un modo nada razonable.

–¿Te parece poco razonable estar disgustada?

–Sí. Sofía forma parte del pasado.

–¡No te ha quitado la vista de encima!

–Ése es su problema, no mío –replicó él al momento–. Ni tuyo.

–Esa mujer sabe muchas cosas de ti, y me ha dado la impresión de que le hubiese gustado estar casada contigo.

–No habría sabido cómo tratarme –dijo Raúl mientras se quitaba la corbata con impaciencia.

Faith tragó saliva al ver su piel bronceada. Ella tampoco estaba segura de saber cómo tratarle.

–Es muy guapa.

–No te hagas esto a ti misma –le advirtió Raúl–. Eres una mujer inteligente, Faith. Sabes que tengo un pasado y no tienes ningún motivo para sentirte insegura.

–Por supuesto que sí. Tú no querías casarte.

–No te dediques a diseccionar todas mis acciones, o te harás daño.

–He pasado la tarde con una mujer que alardea de conocerte muy bien. Si no hubiese tenido dudas acerca de este matrimonio antes de conocerla, habría empezado a tenerlas ahora.

–Sofía no tiene nada que ver con nuestro matrimonio.

–¡Has invitado a tu ex novia a nuestra casa sin decírmelo y esperabas que fuese agradable con ella! Yo creo que tiene mucho que ver con nuestro matrimonio.

—En realidad, he invitado a su marido para cerrar un trato muy importante. No pensé que fuese relevante que viniese Sofía. Dado que es mi ex novia. ¿Por qué ibas a disgustarte?

—¡Porque soy tu mujer!

—Pues eso mismo. Tú llevas la alianza. Sofía es la que tiene que estar disgustada, no tú.

A Faith le sorprendió aquella interpretación de los hechos.

—No puedo creer que seas tan arrogante e insensible.

—No nos hagas esto, Faith —le advirtió él.

—Yo no estoy haciendo nada, Raúl —lo vio avanzar hacia ella—. Ya es suficiente.

Si se acercaba más, si la tocaba...

Aterrada, intentó escapar, pero él la agarró por la muñeca con una mano y por la cintura con la otra.

—No, Raúl —le dijo, intentando zafarse de él—. No te atrevas a tocarme. Después de lo que has hecho esta noche, no quiero que vuelvas a tocarme. Deja que me vaya

—¿Por qué iba a hacerlo?

—Porque nos estamos haciendo daño el uno al otro.

—Sólo cuando hablamos, cariño. Hace semanas que no nos tocamos y eso nos está volviendo locos...

—No, Raúl, no es eso...

Él recorrió su mandíbula a besos.

—No te he prestado la suficiente atención.

—Tampoco se trata de eso. Raúl, te estoy pidiendo que no... —gimió.

–¿Por qué luchas contra esto?

–Porque tengo que hacerlo –susurró ella, sintiendo que se derretía–. Por mi salud mental y mi amor propio.

–¿Seguro que no quieres? –preguntó él besándola en los labios, pasando la lengua por ellos–. Márchate, si es eso lo que deseas.

–No puedo, me estás sujetando.

Él sonrió.

–Te he soltado hace un par de minutos, cariño. No sé por qué sigues apretada contra mí –le dio menos de cinco segundos para que se diese cuenta de que era verdad y la besó apasionadamente haciendo que los dos perdiesen el control.

Y ella respondió. Toda la emoción y la tensión que llevaba acumulándose durante dos semanas salió a la superficie y los dos se devoraron.

Sin dejar de besarla, le quitó el vestido y le acarició los pechos, y ella gimió y cerró los ojos. La cabeza le daba vueltas y sus caricias la hicieron estremecerse de placer. Se apretó contra él, contra su erección.

–Ahora –gimoteó Faith–. Ya –dijo quitándole la camisa y bajando la mano para acariciarlo. Lo oyó gemir y le puso ambos brazos alrededor del cuello.

De pronto, se encontró en la cama, con él encima, bronceado, viril, controlando la situación. Notó que tomaba su pecho con la boca y gimió de placer, le clavó las uñas en los hombros.

–Eres mía –rugió él, acariciando la parte más íntima de su cuerpo–. Mía...

–Sí... –admitió ella, apretándose contra su muslo, invitándolo a seguir.

–Espera –con la respiración entrecortada, juró y se puso un preservativo. Luego, la penetró.

Ella lo miró a los ojos. Era como si no hubiese en el mundo nada más que ellos dos, sus cuerpos unidos en una explosión de placer.

Faith llegó al primer orgasmo y se lo llevó con él. Se besaron, sudorosos, casi sin poder respirar.

Tumbada entre las sábanas, Faith lo abrazó y esperó a que se le calmase el corazón. Se había quedado tan aturdida que cuando Raúl bajó por su cuerpo y le separó los muslos, casi no pudo ni protestar.

–Me encanta tu cuerpo –murmuró él recorriéndolo con los labios–. ¿Lo sabías? Porque si no lo sabías, voy a demostrártelo....

–No, Raúl –protestó ella, estaba demasiado débil para repetirlo–. Me parece que no puedo...

–Pues déjame que te demuestre lo contario.

–No.

Pero él siguió acariciándola hasta excitarla de nuevo. Luego, volvió a subir por su cuerpo y la besó en la boca. Le hizo darse la vuelta. La agarró por las caderas e hizo que se pusiese de rodillas.

–Raúl...

–Me encanta hacerlo así –rugió él y, sin darle tiempo a protestar, la penetró de nuevo.

Su cuerpo lo rodeó por dentro, se sacudió de placer, ignorando a su cerebro, que le estaba diciendo que no podía más.

En aquella posición la controlaba por completo y Faith fue notando cómo aumentaba el placer hasta llegar a un clímax tan intenso que no notó el de él.

Agotada, se dejó caer en la cama. Raúl se tumbó a su lado, relajado, sonriendo.

Faith se dio la vuelta, sintió vergüenza al pensar que por muy orgullosa que estuviese de su cerebro, bastaba que él la tocase para hacerla suya.

Se apoyó en un codo, pero, antes de que le diese tiempo a hablar, él la tumbó de nuevo, y la miró de manera increíblemente tierna.

Aquella mirada la tranquilizó y esperó algún comentario cariñoso.

Él le acarició la mejilla y le dio un suave beso en los labios.

—No me digas ahora que sigues sintiéndote insegura —y se levantó de la cama para ir al baño.

Faith lo miró, sorprendida, incrédula. ¿Por eso le había hecho el amor? ¿Para demostrarle que no tenía motivos para estar celosa?

Salió de la cama y lo siguió con piernas temblorosas hasta el baño.

—¿Insegura? —dijo con voz ronca desde la puerta—. ¿Por eso me has hecho el amor? ¿No porque me quieras o me desees, sólo para demostrarme que tienes razón?

—Me parece que es evidente que no pienso en ninguna otra mujer que no seas tú —contestó él desde la ducha.

—Yo quería que pensases en mis sentimientos. Habría preferido tener una conversación contigo.

—Siempre he sido un tipo práctico. Además, no he hecho otra cosa que pensar en tus sentimientos durante las últimas horas, cariño.

—¡No me refería a esos sentimientos! —exclamó mientras pensaba que aquél no era el lugar más apropiado para tener aquella conversación, con él desnudo, no podía concentrarse–. Dime algo, ¿por qué piensas que el sexo lo soluciona todo?

Sin responder a su pregunta, salió de la ducha con toda naturalidad.

–¿Me pasas una toalla, por favor?

Ella obedeció, y no se dio cuenta de que había cometido un error hasta que no notó que la agarraba por la muñeca y la pegaba contra su cuerpo desnudo y mojado.

–¿Quieres saber por qué pienso que el sexo lo soluciona todo? Porque antes de hacer el amor estabas enfadada conmigo, y ahora ya no.

La soltó y se apartó el pelo mojado de la cara.

–Me siento más como tu amante que como tu mujer –se quejó ella.

–Teniendo en cuenta el efecto que suele tener el matrimonio en el sexo de muchas parejas, deberías sentirte aliviada.

–Crees que eres todo un genio en la cama, ¿verdad?

–No –se puso la toalla alrededor de la cintura–. Tú me haces pensar que lo soy. Te derrites, gimoteas –se encogió de hombros–. Te gusta lo que te hago, cariño.

Faith se ruborizó, sabía que eso era verdad.

–Me prometí a mí misma que no permitiría que volvieses a hacerme daño.

–He utilizado protección.

–No me refería a eso.

–¿Entonces? ¿He sido demasiado brusco?

–¡No! No importa.

–Claro que importa. Si tienes esa mirada después de haber hecho el amor, es que importa –tomó su rostro con ambas manos y le acarició las mejillas–. Está bien, hablemos. Venga. Te escucho.

–¡Eso no es suficiente! Tú también tienes que hablar. Es verdad que la química que tenemos es increíble, nunca había sentido algo así. Cuando hacemos el amor, me da la sensación de que estamos muy cerca, pero cuando terminamos, me doy cuenta de que no es cierto. No te conozco. No hablamos. Por eso me siento más como tu amante que como tu mujer.

–Las mujeres decís que os gusta que los hombres os digamos la verdad, pero lo cierto es que queréis que os digamos lo que queréis oír. Y yo no soy así. No me gusta mentir.

–Está bien, no mientas. ¡Pero necesito que pienses en mis sentimientos!

–El negocio con Pedro está cerrado. No tendrás que volver a ver a Sofía –dijo, soltándola.

–No es sólo Sofía. Es que no hablamos cuando tenemos un problema. Si me duele oír la verdad, al menos, será la verdad. Quiero conocerte y quiero que me conozcas.

–Por eso las mujeres tenéis amigas, para hablar de temas que son completamente irrelevantes para los hombres –dijo él alejándose–. Te acabo de lanzar muchos mensajes, todos positivos. Si no quieres entenderlos, es tu problema.

Y con eso salió del cuarto de baño, dejándola sola.

Agotada después de haber hecho el amor la noche anterior, Faith se levantó tarde y descubrió que Raúl ya se había ido.

Decidió que necesitaba distraerse, así que se vistió y fue a los establos que, como de costumbre bullían de actividad.

–Me alegro de verte por aquí –la saludó Eduardo–. Raúl está en el campo de polo, gastando energía con unos clientes.

Faith estuvo unos minutos con sus caballos favoritos antes de ir al campo.

Muchas personas iban allí para poder jugar al polo en la estancia de Raúl, pero pocas veces podían disfrutar del privilegio de jugar con el jefe.

Observó a Raúl y se preguntó de dónde sacaría tanta energía, casi no había dormido. Luego pensó en la comparación que había hecho Sofía entre su marido y el semental.

Hasta los sementales más salvajes podían domarse.

Pero ella no había domado a Raúl.

Lo había atrapado, sin querer.

El partido terminó y los jinetes empezaron a salir del campo. Raúl se acerco a ella.

–Te has levantado –comentó.

Un mozo de cuadra se llevó al caballo y ellos anduvieron hacia la Casa de la Playa.

–Estás muy callada. ¿Es otra vez Sofía?

–No –contestó en voz baja–. No estoy pensando en Sofía, sino en nosotros. En nuestro matrimonio. En el bebé –lo agarró de la mano para que no pudiese irse–. Sé que es difícil, pero necesito hablar –le dijo, y vio que él se ponía a la defensiva.

–Sé lo disgustada que estás por haber perdido el bebé. Pero no sé qué vamos a conseguir hablando, a no ser que quieras hacerme sentir todavía más culpable.

—No quiero hacerte sentir culpable. ¿Por qué piensas eso?

Él tomó aire.

—Supongo que porque me siento culpable. Perdiste el bebé por mi culpa.

—No...

—Yo te disgusté...

—Eso fue después de haber perdido el bebé. Y, aunque hubiese sido antes, no habría sido la causa. No fue culpa de nadie, Raúl. Supongo que es normal sentirse culpable, pero los abortos ocurren con frecuencia. Me lo dijo un médico en el hospital... —se derrumbó por un momento, presa de la emoción.

—Bien.

—Pero lo que quería decirte no es eso, sino que lo siento.

El se quedó inmóvil.

—¿Así que admites que te quedaste embarazada a propósito?

—¡No! —exclamó ella, horrorizada—. No. Fue un accidente. Quería decir que siento no haber intentado ponerme en tu lugar. Me puse nerviosa cuando me pediste que me casara contigo, di por hecho que querías hacerlo, no habría seguido adelante si hubiese sabido que tenías dudas.

—No tenía dudas —replicó él en tono frío, poco comunicativo.

—¡No querías casarte!

—Cuando me dijiste que estabas embarazada, no tuve elección.

—Pero yo pensé que querías casarte conmigo porque teníamos una buena relación. Qué tonta soy.

–Y teníamos una buena relación. Seguimos teniéndola.

–En la cama.

–Eso no es verdad. Hablamos. Eres una mujer inteligente y tienes una opinión acerca de todo.

–Pero no hablamos de sentimientos –murmuró ella–. En especial, no hablamos de tus sentimientos cuando yo me quedé embarazada. Por eso te pido perdón. Siento que este matrimonio no fuese lo que tú querías, y siento no haberlo evitado.

–Nada habría evitado que me casase contigo, así que no te preocupes por eso.

–Si te hubiese dicho que había perdido el niño antes de la boda... –se vino abajo.

Él juró entre dientes.

–Anoche estábamos felices. Ahora estás triste sin motivo alguno. Por eso no me gusta hablar de cosas que no pueden cambiarse.

–¿Fue Sofía? Tiene que haber algún motivo para que te sientas así. ¿Te hizo daño y por eso no querías casarte, ni tener hijos?

Él se cerró por completo, para que nada se le escapase.

–Estamos casados, Faith –se limitó a decir–. Déjalo así.

Capítulo 10

FAITH se hizo un ovillo en uno de los sofás blancos de la Casa de la Playa, terriblemente consciente de la ausencia de Raúl y furiosa consigo misma por su falta de tacto.

Después de su conversación, él se había puesto un traje oscuro y le había anunciado que tenía negocios que atender en Buenos Aires.

Desde entonces, no había vuelto a verlo. Y lamentaba de corazón haber sacado aquel tema. Jamás debía haberle preguntado por qué no quería hijos, ni casarse, y no debía haber mencionado el nombre de Sofía.

Sintió náuseas y supo que era porque no había comido nada. Tampoco podía relajarse. Había intentado comprenderlo, pero sólo había conseguido alejarlo de su lado, y disgustarlo mucho.

Los dos eran igual de malos.

Se dio cuenta de que lo estaba tratando de manera equivocada, cuanto más lo presionaba, más se resistía él. Tenía que convencerlo de que se acercase más a ella.

Miró el plato de comida que tenía delante y se dijo que Sofía tenía razón al comparar a Raúl con un semental difícil. Raúl era muy masculino, autoritario y dominante. Y el modo de tratar ese tipo de personalidad era con amabilidad y paciencia. No podía obligar a semejante hombre a que le contase algo que no quería.

Tenía que ganarse su confianza.

Él odiaba hablar de sus emociones, así que no volvería a sacarle el tema. Dejaría atrás el pasado y se concentraría en el presente, en ser felices juntos. Incluso él había admitido que habían sido felices antes de que ella se quedase embarazada. Sólo tenía que volver a recuperar aquello.

Sintió náuseas al mirar la comida y se levantó. Fue hacia la playa con un libro, pero no podía concentrarse tampoco en eso, así que anduvo hasta los establos y trabajó con los mozos de cuadra toda la tarde.

La tranquilizó un poco estar con los caballos, pero no podía evitar seguir pensando en Raúl, ni mirar hacia el camino esperando ver su coche u oír su helicóptero.

Al final, volvió a la Casa de la Playa a darse una ducha.

Se preguntó si había hecho que se apartase de ella para siempre.

Agotada y triste, se tumbó en la cama y apagó la luz. No merecía la pena esperarlo, era evidente que no quería su compañía.

Después de haberse pasado todo el día intentando calmar su mal humor, Raúl espero a que se hiciese de noche para volver a la Casa de la Playa, dando por hecho que Faith estaría dormida y con la esperanza de evitar otra discusión.

A pesar de hablar cinco idiomas, jamás podría entender a las mujeres.

Primero se había enfadado con él y después había pensado que tal vez necesitase hablar de sus sentimientos. ¿Por qué pensaban las mujeres que era bueno sincerarse?

Para él, sólo servía para sentirse todavía peor. Y gracias a Faith, sus emociones amenazaban con traicionarlo.

En realidad, Faith no quería conocer esa parte de él.

En ese momento sonó su teléfono, rompiendo el silencio y sobresaltándolo. Él juró entre dientes y descolgó para que ella no se despertase.

—Soy yo —dijo Faith desde la puerta del dormitorio, con voz adormilada.

—¿Qué quieres? ¿Por qué me llamas a las tres de la madrugada?

—Porque estaba preocupada.

Él la estudió con la mirada. Estaba descalza, con las mejillas sonrojadas y llevaba puesto un minúsculo camisón de seda diseñado, al parecer, para volver loco a cualquier hombre.

Raúl se olvidó al instante de su enfado. Su mente sólo pudo pensar en sexo. Su cuerpo respondió, se excitó. Miró hacia el sofá.

Estuvo a punto de agarrarla y tomarla allí mismo, en ese momento, pero vio algo en sus ojos verdes que lo detuvo: preocupación.

Era verdad, estaba preocupada por él.

Intentó recordar la última vez que alguien se había

preocupado por él y contuvo su deseo de tumbarla en el sofá.

–¿Estás bien? –le preguntó Faith–. Estás tan tenso. Lo siento desde aquí.

–Necesito aire –respondió en tono hosco.

Salió a la playa, irritado consigo mismo por no poder controlarse cuando la tenía cerca.

No entendía lo que le pasaba, por qué no podía pensar en otra cosa que no fuese el sexo.

Tomó aire e intentó recuperar el control. Pero entonces notó los brazos de Faith rodeándolo por la cintura, notó su cabeza apoyada en la espalda. Fue un gesto de cariño que lo tomó por sorpresa.

–Te quiero –le dijo en voz baja.

Pero él la oyó, y aquella sincera declaración lo dejó casi sin aliento.

No supo cómo reaccionar, y cuando la vio ponerse delante de él, se preparó para que volviese a alborotar su equilibrio emocional.

Pero Faith no dijo nada.

En su lugar, levantó las manos y le desabrochó la camisa para acariciarle el pecho. Tenía los dedos calientes y suaves. Luego, acercó sus labios a él, que no pudo seguir controlando su excitación.

Siguiendo su instinto, Raúl enredó los dedos en su pelo y la besó. La pasión estalló entre ambos y Raúl iba a tumbarla en la arena cuando ella bajó las manos a su pecho y se apartó.

–Besas de manera increíble –le dijo.

Él intentó demostrarle lo bien que lo hacía todo, pero ella le dio un beso en el pecho y luego, se puso de rodillas en la arena.

Su pelo rubio brillaba bajo la luz de la luna y sus ojos verdes eran como dos esmeraldas. Era una seductora pura, letal. Mientras Raúl intentaba recuperarse de aquella mirada, ella terminó de desnudarlo.

Sintió sus uñas en los muslos, y la humedad de su lengua en la piel.

Juró entre dientes y ella respondió acercando la boca todavía más a su sexo, pero sin llegar a él. Lo excitó hasta que Raúl pensó que iba a explotar y entonces, notó que rodeaba su sexo en la boca y gimió de placer.

Y llegó al clímax más violento e increíble de toda su vida.

Luego, se quedó con los ojos cerrados y la mandíbula apretada, esperando a que su cuerpo y su cerebro se recuperasen de aquel éxtasis ciego, sexual.

Cuando por fin los abrió, se encontró de frente con los de ella.

Abrió la boca para hablar, pero volvió a cerrarla porque los hechos hablaban por sí solos.

La levantó y la tumbó con cuidado en la arena, cubriendo su cuerpo con el de él con decisión, pero ella lo apartó.

—Todavía no he terminado —le dijo—. Quiero que te tumbes boca arriba.

Él obedeció.

—¿Estás bien, Raúl?

Iba a intentar contestar cuando Faith volvió a bajar hacia su sexo, y se dio cuenta de que su apetito sexual por aquella mujer no tenía límites.

La vio mover las caderas muy despacio y la agarró por el trasero para aligerar el ritmo.

–No –dijo ella echándose hacia delante y acercando sus labios a los de él.

Y Raúl volvió a excitarse. Y ella prolongó su agonía hasta que Raúl la agarró por las caderas y la hizo moverse de manera salvaje hasta que ambos llegaron al clímax.

Luego, Faith cayó sobre él, lo abrazó e intentó recuperar la respiración.

–Nunca me habías hecho eso –dijo Raúl, rompiendo el silencio.

–No me habías dado la oportunidad –respondió ella con voz ronca–. Siempre tomas tú la iniciativa. Cuando te conocí, pensaba que era una mujer fuerte, pero eres un hombre muy dominante, ¿lo sabías?

–No volveré a serlo. A partir de ahora, te dejaré hacer todo el trabajo a ti. Seré pasivo.

–¿Pasivo? No podrías, aunque lo intentases.

–Entonces, ¿por qué has querido que lo sea esta noche?

Ella dejó de sonreír y Raúl vio tristeza en los ojos.

–Porque teníamos un problema y no sabía cómo llegar a ti.

–Creía que el sexo no resolvía los problemas.

–A ti siempre te ha funcionado, así que pensé que merecía la pena intentarlo.

–Y ha funcionado –dijo él dándole un beso.

Faith se despertó y vio a Raúl tirado en una silla, pensativo.

–Es la hora de comer –le dijo él.

–¡No puede ser tan tarde!

–Has dormido como un lirón –estudió su rostro–. Y estás muy pálida. Voy a pedirle al médico que venga a verte.

–No –Faith se sentó y se frotó los ojos–. No hace falta. Estoy bien. Sólo estaba cansada. Las últimas semanas han sido muy estresantes –se arrepintió al instante de haber dicho aquello.

–Lo sé, y quiero disculparme.

Ella se quedó sin hablar al oír aquello, lo vio fruncir el ceño.

–No me mires así. Lo creas o no, soy capaz de disculparme cuando es necesario –dijo Raúl sonriendo de manera burlona–. Aunque no suele ser necesario.

–No tienes que disculparte. Ahora entiendo que estuvieses disgustado.

–Gracias por perdonarme, pero no debí haber hecho ese comentario el día de la boda –tomó aire–. Fue muy insensible de mi parte y entiendo que te marchases. No te di ningún motivo para pensar que lo nuestro podía funcionar, pero es posible, cariño. Me importan tus sentimientos y, para demostrártelo, he organizado un viaje especial.

–¿Sí?

Faith notó que Raúl había cambiado, pero no lo entendía. ¿Tenía aquello que ver con la noche anterior?

–No tuvimos luna de miel, así que he organizado una. Sé que cuando llegaste a Argentina querías conocer el país, pero al conocerme a mí, no lo hiciste.

–No me arrepiento de nada, Raúl.

–Te voy a llevar a un lugar muy especial. Te lo mereces.

—¿Cuándo?

—¿Cuánto tardas en vestirte? —bromeó Raúl—. El piloto nos está esperando.

Faith dio un grito ahogado y saltó de la cama.

—¿Ahora?

—Por supuesto. ¿Por qué no?

Su respuesta la hizo sonreír. Con Raúl, todo tenía que ser en el momento.

—Estaré lista en dos minutos, pero tengo que hacer la maleta.

—Eso ya está arreglado. Sólo faltas tú.

—Pero, ¿adónde vamos?

—A hacer turismo.

—Todos los hoteles estarán llenos, y no hemos reservado.

—No te preocupes por eso.

Faith pensó en las ventajas de estar casada con un sexy multimillonario. Su dinero no era lo que la había atraído de él, era él, pero era lo suficientemente inteligente para saber que los aspectos de su carácter que lo hacían ser tan persuasivo eran las mismas cualidades que le habían conducido al éxito. Su cerebro funcionaba con rapidez, tenía mucha confianza en sí mismo y era despiadado a la hora de competir, y todo aquello lo convertía en el hombre que era.

Y al que ella quería.

Raúl la llevó a las cataratas de Iguazú, que le parecieron increíbles.

Incluso cuando estaba en la habitación del hotel, no podía dejar de asomarse al balcón, maravillada.

—Me da la sensación de que tengo competencia

—comentó Raúl arrastrándola dentro—. Se supone que tendrías que estar mirándome a mí.

La verdad era que Faith no podía dejar de mirarlo. Cenaron en la terraza de la habitación, los dos solos.

—¿Viajabas cuando eras niña? —le preguntó Raúl—. ¿Adónde ibas?

—Por Europa —contestó ella sirviéndose un trozo de pescado—. Las típicas vacaciones familiares. A mis padres les habría encantado conocer esto —murmuró mirando el plato.

—No me has contado nada de tu niñez, pero es evidente que fue muy feliz.

—¿Por qué dices eso?

—Porque si tienes esa ridícula fe en el amor y el matrimonio, debe de ser porque tus padres fueron felices.

Faith sintió ganas de preguntarle por los de él, pero temió estropear el momento.

—Mis padres se conocieron cuando eran adolescentes —le explicó—, y mamá se quedó embarazada de mí. Fue todo un escándalo en la época. Mi abuela pensaba que era demasiado joven, pero mis padres dijeron que no les importaba la edad, que estaban enamorados.

—Todo eso explica muchas cosas acerca de ti —dijo Raúl mirándola fijamente.

Y Faith tuvo la impresión de que quería contarle algo y esperó, inmóvil, pero él se levantó de la silla y fue a apoyarse en la barandilla del balcón.

Ella se resistió a la tentación de presionarlo para que hablase y se limitó a seguirlo.

—Entonces, ¿qué vamos a hacer mañana?

Él se volvió a mirarla, con los ojos llenos de secretos y sombras. Y en vez de contestar la besó con desesperación.

La llevó al dormitorio y cerró la puerta de una patada. Y después de eso, no volvieron a hablar.

Capítulo 11

DESPUÉS de cuatro maravillosos días y noches, volvieron a la estancia. Faith, más tranquila, sabiendo que podían ser felices juntos.

El único problema era que había momentos en los que no se sentía físicamente bien. No sólo estaba cansada, sino también aturdida y con náuseas. Y aunque el médico le había asegurado que era normal después de un golpe en la cabeza, seguía estando preocupada.

Pero no se lo había dicho a Raúl porque no quería que le llevase a todo un equipo de médicos de todo el mundo.

Lo único que importaba era que estaban felices juntos.

–¡Raúl está de buen humor porque Pedro le ha vendido sus tierras! –exclamó Mateo, uno de los socios de Raúl, levantando su copa para brindar–. Siempre está de buen humor cuando gana.

Estaban en el restaurante más elegante de Buenos Aires, rodeados de la élite de la ciudad.

–Raúl siempre gana –añadió Julieta, la esposa de Mateo–. Pensé que Pedro no quería vender.

–Al parecer, quería mi dinero –respondió Raúl–. Creo que influyó mi mujer. Al parecer, me he vuelto más humano desde que estoy casado con ella.

–Yo no diría eso –lo contradijo Mateo guiñándole un ojo a Faith.

–El matrimonio es bueno para los hombres. Les enseña a compartir –opinó Julieta agarrando la mano de su marido–. Estás muy callada esta noche, Faith. ¿Te encuentras bien? Estás muy pálida, ¿no crees, Raúl?

–Es inglesa –dijo Mateo alegremente–. Todos los ingleses son pálidos.

–Estoy bien –contestó ella consiguiendo sonreír. Aunque lo cierto era que se sentía agotada y no sabía por qué. Sólo quería dormir.

Faith dio un trago a su copa de agua.

Julieta levantó la suya para brindar.

–Por Raúl, cuyas tierras se extienden por la mayor parte de Argentina.

Raúl arqueó una ceja.

–¿Vas a brindar con agua, habiendo champán? –le preguntó.

–Nosotros también tenemos que daros una noticia, ¿verdad, Mateo? –contestó Julieta.

–Julieta está embarazada. Nos enteramos ayer.

Faith sintió que le faltaba el aire, que se mareaba. Sintió pánico y, cuando por fin recuperó el control, se dio cuenta de que todos la estaban mirando.

–Eso es fantástico –dijo, alegrándose por Julieta y, al mismo tiempo, sintiendo celos–. Nos alegramos mucho por vosotros, ¿verdad, Raúl? –añadió, preguntándose cómo se sentiría él.

En cualquier caso, no podía estar tan afectada como ella porque no quería tener hijos.

Pero no quería pensar en ello en esos momentos. No obstante, no podía evitar acordarse del bebé que había perdido.

–Tú tienes que ser el próximo, Raúl –lo animó Mateo–. Después de haber superado tu fobia al matrimonio, la paternidad es el siguiente paso.

–Es demasiado pronto –dijo Faith enseguida–. Yo todavía quiero seguir con mi carrera y hemos pasado muy poco tiempo juntos desde que nos casamos.

Intentó sonreír, pero sintió que se venía abajo. No entendía por qué tenía tantas ganas de llorar.

–Me alegro mucho de la noticia –dijo por fin Raúl–, pero vais a tener que perdonarnos porque Faith está muy casada. Es hora de que me la lleve a casa.

Por una vez, Faith agradeció que fuese tan dominante y dejó que la guiase hasta la puerta del restaurante y hasta el Ferrari que estaba esperándolos en la puerta.

Decidida a no llorar, se sentó y cerró los ojos.

–Gracias –murmuró.

Raúl la miró, pero tenía los ojos cerrados y estaba muy pálida. ¿Estaría dormida? ¿Triste?

Era evidente que se había disgustado, y sabía por qué.

De repente, se dio cuenta de que aquel silencio tan inusual en ella le molestaba más que sus preguntas.

No sabía qué hacer, y aquello era nuevo para él.

Además, le preocupaba que estuviese tan pálida y

cansada. ¿Había estado así de pálida antes de que Julieta anunciase su embarazo? Pensó en el pasado. Había estado cansada desde el accidente.

¿Le pasaba algo? ¿Y si estaba enferma?

Tuvo un mal presentimiento.

Apretó el acelerador y llegó a la estancia en un tiempo récord. Faith seguía dormida.

Él salió del coche y le tiró las llaves a uno de sus empleados.

—Llama al médico. Quiero que esté en la Casa de la Playa dentro de diez minutos.

—Son las dos de la madrugada...

—Ya sé qué hora es. Llámalo.

Luego fue al lado del pasajero y tomó a Faith en brazos. La cabeza cayó sobre su hombro y se movió, pero no se despertó del todo.

Raúl fue hacia la casa intentando no pensar en lo frágil que era, y la tumbó en la cama.

La observó, dudó un momento y le quitó los zapatos con cuidado. Luego, le quitó también el vestido y se arrepintió al instante, al descubrir que no llevaba sujetador.

Apretó los dientes y la tapó con la colcha.

Fue entonces cuando Faith abrió los ojos.

—¿He estado dormida todo el camino? Lo siento —murmuró—. Siento no haberte hecho compañía.

—Yo estoy bien —mintió él, aliviado al ver que sus mejillas recobraban algo de color.

Se dio cuenta de que no la dejaba dormir demasiado por las noches.

Ella debió de pensar algo parecido, porque le preguntó si no iba a meterse en la cama.

—No, todavía no —contestó él yéndose a la otra punta de la habitación.

—Está bien.

A Raúl le sorprendió aquella contestación, ¿acaso no iba a hacerle ninguna pregunta? ¿Ya no quería hablar?

Sintió que la situación se le escapaba de las manos y decidió darle la respuesta que ella no le había pedido.

—Va a venir el médico.

—¿El médico? ¿Es que estás enfermo? —preguntó, sentándose, con expresión preocupada.

—No. He llamado al médico para que venga a verte a ti.

—¿Por qué?

—Porque siempre estás cansada y quiero saber si es normal.

—No son horas, Raúl.

—Me da igual. Quiero que te vea un médico.

—Estoy bien.

—Deja de decir que estás bien. No estás bien. Para empezar, no pareces tú.

—No sé de qué estás hablando.

—Esta noche... te has disgustado. Por lo de Julieta. ¿Por qué no quieres hablar de ello? Siempre hablas cuando algo te preocupa.

—Pensé que tenía que llamar a una amiga cuando quisiese hablar —dijo con naturalidad.

—No sabía que Julieta estaba embarazada, si no, no les habría invitado a cenar.

—No puedes protegerme de todas las embarazadas.

—Ésa no es una respuesta. Quiero saber cómo te sientes.

–No, no quieres saberlo. Odias que te hable de mis sentimientos. Sólo me lo preguntas para que no te acuse de que no te preocupas de mí.

–Claro que quiero saberlo, cuando no quiero saberlo es porque me siento culpable –confesó.

–No tienes nada de qué sentirte culpable, Raúl.

–¿Cómo puedes decir eso?

–Porque es verdad. Fuiste sincero y me dijiste desde el principio que no querías casarte, ni hijos.

Él iba a responder cuando llamaron a la puerta y entró el médico.

–Quiero que averigüe qué le pasa –ordenó Raúl–. Y espero que la cure.

–Si no le importa dejarnos a solas unos minutos, me gustaría hablar con su esposa –contestó el médico.

Estuvo a punto de negarse, pero conocía a Faith lo suficientemente bien para saber que necesitaba hablar con alguien. Si no era con él, tendría que ser con el médico. Se marchó.

–Su marido está muy preocupado –comentó el médico mientras le tomaba la temperatura y el pulso–. Es evidente que la quiere mucho.

Faith decidió que era mejor no responder a aquello, porque no quería ponerse a llorar.

–¿Cuándo fue su última regla?

–¿Por qué me lo pregunta? No he tenido la regla desde después del aborto.

–Porque creo que lo que le pasa no tiene nada que ver con el accidente. ¿Cuándo tuvo el aborto?

Ella le dio la fecha y giró la cabeza.

–¿Tenemos que hablar de esto?

—Sí. ¿Puede describir ese aborto?

Faith le contó lo que había pasado y él asintió.

—¿Y no fue al médico?

—No, fue muy pronto y no pensé que fuese necesario. ¿Podemos dejar el tema ya? ¿Por qué le parece tan importante todo eso?

—Porque me parece que no perdió el bebé. De hecho, estoy seguro de que sigue estando embarazada.

—¿Embarazada?

—Es normal sangrar un poco, pero no fue un aborto. Según mis cálculos debe de estar embarazada de tres meses.

Faith se llevó la mano a la tripa y se sintió feliz. Pero inmediatamente, se preocupó.

Era estupendo no haber perdido al bebé, pero aquella noticia sería el punto final de su relación con Raúl.

Faith anduvo hacia la playa, preparándose para la conversación más difícil de su vida.

—¿Raúl?

Él se dio la vuelta al instante, había inquietud en su mirada.

—¿Qué te ha dicho? —preguntó poniéndole las manos en los hombros.

—Yo... Raúl... —empezó, sin saber cómo darle la noticia.

—Me estás asustando. Dime lo que tengas que decirme. ¡Pareces aterrada! Te prometo que, sea lo que sea, lo arreglaré. Te lo prometo.

—No puedes arreglarlo todo, Raúl —dijo, le temblaban las manos, las piernas. Cerró los ojos y se prometió que no iba a llorar.

–Faith –murmuró Raúl–. Si no me lo cuentas pronto...

–Estoy embarazada –dijo, y se le quebró la voz–. Estoy embarazada –repitió–. No perdí al bebé.

Él la miró a los ojos y dio un paso atrás. No dijo nada. Luego, se dio la vuelta y se alejó por la playa.

Ella no pudo seguir conteniendo las lágrimas. Lloró.

Capítulo 12

ERA FÁCIL hacer la maleta porque no iba a llevarse muchas cosas.

Sólo sus herramientas de trabajo y un traje que podría ponerse para hacer entrevistas.

Cerró la pequeña maleta y la llevó a la puerta de la Casa de la Playa, luego, se dio la vuelta para echarle un último vistazo.

Se recordó que era sólo una casa.

Apagó tres de las luces e iba a hacer lo mismo con la cuarta cuando oyó la voz de Raúl detrás de ella.

–Si de verdad piensas que puedes alejarte de mí por segunda vez, es que no me conoces.

–Pensé qué –balbuceó ella–. Pensé que te habías ido.

–¿Adónde?

–No lo sé –dijo, temblando, con un nudo en el estómago–. Lo más lejos posible, supongo.

–Yo no suelo huir. ¿Tan poco significa nuestro matrimonio para ti? –le preguntó–. Si vas a llorar, prefiero que lo hagas en mi hombro, y no en el de algún extraño, en el avión.

–No es un buen momento para ser posesivo. Déjame marchar, Raúl.

Él pasó una mano por su cintura, la apretó contra su cuerpo.

–Háblame, cariño. Quiero saber qué estás pensando. Antes hablabas de todo. ¿Por qué quieres irte, si estamos tan bien juntos?

–¿No has oído lo que te he dicho? Estoy embarazada.

–Sí. Lo que no entiendo es por qué estás triste. Pensé que querías ese bebé.

–Y lo quería. Lo quiero –dijo sonriendo débilmente–. Pero también te quiero a ti y las dos cosas no son compatibles, ¿verdad? Tú no quieres tener hijos. No te gustan los niños.

–Yo nunca he dicho que no me gusten los niños –contestó, pasándose una mano por el cuello, como si estuviese buscando las palabras para explicarse.

Faith nunca lo había visto así.

–No pasa nada, Raúl, no tienes que darme explicaciones.

–Dios mío, estoy intentando decirte algo. Normalmente, intentas hacerme hablar y, ahora que soy yo quien quiere hacerlo, intentas detenerme.

–Porque sé que odias hablar.

–Quiero decírtelo, pero no tengo ni idea de cómo hacerlo –dijo con impaciencia–. No soy como tú. No puedo soltar todo lo que siento. Nunca he dicho esto antes, y no sé cómo decirlo.

Faith esperó pacientemente y él volvió a mirarla.

–No es que no me gusten los niños –empezó, pero luego se calló, frunció el ceño.

Y ella decidió ayudarlo.

–Te entiendo. Tienes una vida estupenda. En cualquier momento te montas en tu jet privado y vas a cenar a París o a Nueva York, sin pensar en nadie. ¿Por qué cambiar ese ritmo de vida?

—No fue Sofía —respondió él después de una larga pausa.

—¿Pero fue una mujer quien te hizo daño?

—Sí, pero no pasó como tú te imaginas. Ella me quitó todo lo que me importaba, todo lo que quería. Era egoísta, avara. Y me prometí a mí mismo que no volvería a ocurrirme.

—¿Era alguien a quien querías? —se obligó a preguntarle Faith?

—Era mi madre.

Aquella confesión la sorprendió tanto que no pudo responderle de inmediato.

—No todas las mujeres tenéis instinto maternal —añadió él—. Ella se quedó embarazada para obligar a mi padre a casarse. Se divorciaron cuando yo tenía nueve años y ella me utilizó para sacarle a mi padre todo el dinero que tenía. Y luego me apartó de él porque sabía lo mucho que me quería. Yo era el as en su manga.

Sorprendida, Faith sacudió la cabeza, incrédula.

—Estas tierras eran de mi padre. Era un muy buen jinete, con mucha paciencia. Huelga decir que yo tengo los genes de mi madre, que era voluble y explosiva.

—No sabía que la estancia fuese de tu padre, pensé que la habías comprado tú.

—Y así es. Salió a la venta después del divorcio. Mi padre le dio el dinero a mi madre para que yo no sufriese. A pesar de que este lugar llevaba varias generaciones en su familia, lo vendió.

–Estancia La Lucía –murmuró ella–. Nunca te he preguntado acerca del nombre...

–Lucía era mi tatarabuela y esta estancia lleva en mi familia más de cien años. Mi padre me enseñó a cabalgar antes de que aprendiese a andar. Íbamos a dirigir este lugar juntos.

Faith guardó silencio.

–¿No pudiste quedarte con él?

–Mi madre me dijo que nos íbamos de vacaciones. Esperó a que estuviésemos en Australia para confesar que no íbamos a volver.

–Supongo que le echaste mucho de menos.

–Me marché de Australia en cuanto pude, y vine aquí, pero me enteré de que mi padre había dividido las tierras y las había vendido para darle el dinero a mi madre, para que yo tuviese una buena vida, para que no sufriese. Aunque a mí nunca me importó el dinero.

Faith lo abrazó, conmovida.

–Entonces empezaste tu propio negocio. Es sorprendente todo lo que has conseguido.

–Prometí que recuperaría todas las tierras.

–Las de Pedro...

–Ahora son mías. Era el último trozo. La estancia de mi padre vuelve a estar en la familia.

–¿Y tu padre?

–Después de vender la estancia, trabajó con caballos en otros ranchos. Murió sin saber que había vuelto, antes de que yo consiguiese mi primer millón y comprase las primeras tierras.

«Y sin darme la oportunidad de decirle lo mucho que lo quería».

—Dices que no te pareces a tu padre, pero yo no creo que sea verdad. Tienes su fuerza y su valentía, su talento con los caballos y su amor por su tierra.

Él la miro a los ojos.

—Juré que ninguna mujer haría con un hijo mío lo que mi madre hizo conmigo.

—En ese caso, lo que te pasa es que te da miedo amar y perder. Ahora entiendo por qué te casaste conmigo, para estar seguro de poder ejercer todos tus derechos sobre el bebé. Y no te culpo por ello. Si yo hubiese pasado por lo mismo que tú, me habría sentido igual, estoy segura.

—Habrías salido huyendo, y te habrías llevado al bebé —era la conversación más sincera y dolorosa que habían tenido nunca—. Y huiste, Faith, sólo unas horas después de la boda. Es lo que hacéis las mujeres cuando las cosas van mal. Es lo que hizo mi madre.

—Es cierto —admitió—. Huí. Pero tienes que ponerte en mi lugar. Cuando te dije que había perdido el bebé, te sentiste aliviado.

—Era más sencillo para mí, que nunca había contemplado la posibilidad de tener hijos.

—Ahora te entiendo, pero entonces sólo veía a un hombre que pensaba en su deseo de seguir soltero y al que no le importaban mis sentimientos. Pensaste que me había quedado embarazada a propósito.

—Que fue lo que hizo mi madre. Me entró pánico. Sé que te hice daño y lo siento más de lo que piensas. No obstante, sólo quería protegerme.

—¿Creías que iba a hacerte daño?

—Tienes que comprender que, hasta ahora, todas mis relaciones estaban basadas en el sexo.

–¿Y ahora?

–¿No lo sabes? Es cierto que pierdo el control cuando estoy contigo, cariño, pero no es sólo sexo. Me encanta que seas tan lista. Me encanta que digas todo lo que piensas porque eso hace que seas fácil de entender.

–¡Odias que quiera hablarlo todo! –exclamó ella, sorprendida.

–No es verdad. De hecho, he estado volviéndome loco desde que dejaste de hablar, intentando averiguar tus pensamientos.

Faith se dejó caer en el sofá más cercano, le temblaban las piernas.

–No pensé... –se vino abajo–. No pensé que esta conversación iba a ser así. Cuando te marchaste, di por hecho que te horrorizaba que siguiese embarazada.

–Fui a hablar con el médico y lo puse contra la pared para que me lo contase todo.

–¿Y cómo respondió él?

–No le impresioné demasiado –admitió Raúl–. Me dijo que iba a ser indulgente conmigo porque me veía muy enamorado.

–¿Y le dijiste tú que no crees en el amor?

–No, porque eso habría sido mentira –le tomó las manos–. No creía en el amor hasta que te conocí. E, incluso entonces, no lo reconocí. Pero no puedo estar apartado de ti, me preocupo si te veo pálida y me asusté mucho cuando dejaste de hablar acerca de todo.

–Odias hablar.

–Debería haber hablado antes contigo, pero tienes

que comprender que no se lo había contado a nadie, y que ni siquiera me permitía pensar acerca de ello.

–Te entiendo, pero me alegro de que hayas confiado en mí, porque ahora comprendo por qué te sientes como te sientes. Y tengo que decirte algo importante –respiró profundamente–. No tienes que seguir conmigo sólo por temor a perder a tu hijo. Nunca lo apartaré de tu lado, nunca.

–¡Ven conmigo! –le ordenó, agarrándola de la cama y llevándola al piso de arriba.

–¿Adónde vamos? Nunca subimos ahí... –dijo exasperada–. Raúl, estábamos hablando...

–Y está bien hablar, pero a veces un gesto vale más que mil palabras, cariño. Confía en mí.

Una vez arriba, Raúl abrió una puerta y se apartó para dejarla pasar.

–Entra. Y dime lo que ves.

Confundida, Faith entró en la habitación y sintió que se le encogía el pecho.

Era una habitación infantil, con una mecedora, una cuna y bonitas cortinas. No supo qué decir. No podía hablar.

Raúl apoyó las manos en sus hombros.

–¿Qué ves?

–Una habitación para un niño.

–No –la hizo girarse y mirarlo–. Ves un hombre enamorado.

–Pero...

–Ahora, no me digas que no soy sensible. Mandé que la decorasen mientras estábamos de luna de miel.

–¿En la luna de miel?

–Sí, fue entonces cuando me di cuenta de que no

podía imaginarme la vida sin ti. No sabía que seguías estando embarazada, Faith, pero así es como veía nuestro futuro. Como una familia.

Los ojos se le llenaron de lágrimas.

—No llores, cariño —la tranquilizó él—. Te amo. ¿Lo entiendes? Contéstame, porque si no, tendremos que resolver este problema de la manera en que resuelvo yo los problemas.

—Pensé... pensé que iba a perderte. Te casaste conmigo sólo porque estaba embarazada.

—Sí, pero voy a seguir casado contigo porque te quiero.

Las lágrimas corrieron por el rostro de Faith, lo quería tanto que, de repente, se sentía muy feliz.

—Yo también te quiero. No sabes cuánto.

—Creo que sí lo sé. Siento haberme portado tan mal contigo, pero sé que tienes que estar muy enamorada de mí para haberlo soportado. ¡Deja de llorar!

—No puedo. Y es culpa tuya. Y de todas las cosas que me estás diciendo.

—Lo que demuestra que hablar tiene sus limitaciones. Así que ha llegado el momento de solucionar el problema de otra manera. ¿Te parece?

—Sí —susurró Faith contra sus labios—. Sí.

Bianca™

¡El arrogante millonario estaba decidido a tenerla en su cama y a sus órdenes!

Simone Maxwell estaba dispuesta a hacer cualquier cosa por salvar la empresa familiar, que era su orgullo y su pasión. Pero no esperaba que su salvación llegara de manos de Cade Dupont, el hombre que le había roto el corazón años atrás.

Cade sabía que Simone, en su precaria situación, era vulnerable, y eso era precisamente lo que él buscaba. Tenía una gran deuda con él y por fin tendría la oportunidad perfecta para cobrársela de la forma más dulce posible...

Pasión y orgullo

Margaret Mayo

Acepte 2 de nuestras mejores novelas de amor GRATIS

¡Y reciba un regalo sorpresa!

Oferta especial de tiempo limitado

Rellene el cupón y envíelo a
Harlequin Reader Service®
3010 Walden Ave.
P.O. Box 1867
Buffalo, N.Y. 14240-1867

¡Sí! Por favor, envíenme 2 novelas de amor de Harlequin (1 Bianca® y 1 Deseo®) gratis, más el regalo sorpresa. Luego remítanme 4 novelas nuevas todos los meses, las cuales recibiré mucho antes de que aparezcan en librerías, y factúrenme al bajo precio de $3,24 cada una, más $0,25 por envío e impuesto de ventas, si corresponde*. Este es el precio total, y es un ahorro de casi el 20% sobre el precio de portada. ¡Una oferta excelente! Entiendo que el hecho de aceptar estos libros y el regalo no me obliga en forma alguna a la compra de libros adicionales. Y también que puedo devolver cualquier envío y cancelar en cualquier momento. Aún si decido no comprar ningún otro libro de Harlequin, los 2 libros gratis y el regalo sorpresa son míos para siempre.

416 LBN DU7N

Nombre y apellido	(Por favor, letra de molde)

Dirección	Apartamento No.

Ciudad	Estado	Zona postal

Esta oferta se limita a un pedido por hogar y no está disponible para los subscriptores actuales de Deseo® y Bianca®.
*Los términos y precios quedan sujetos a cambios sin aviso previo.
Impuestos de ventas aplican en N.Y.

SPN-03   ©2003 Harlequin Enterprises Limited

Jazmín™

Padres novatos

Barbara McMahon

¡Iba a ser mamá!

Descubrir que estaba embarazada llenó de felicidad a Annalise. No sabía nada sobre niños, pero estaba convencida de que su marido y ella podían aprender juntos.

Pero Dominic se quedó atónito al recibir la noticia. Seguía dolido por una penosa experiencia de paternidad que había sufrido en el pasado… un secreto que había ocultado a todos los que lo rodeaban, incluida su querida Annalise. De modo que, aunque quería compartir su alegría, el miedo a que la historia se repitiera lo alejaba de la persona a la que más quería: su esposa.

Ahora ella tendría que convencerlo de que podía ser un padre maravilloso.

Deseo™

Víctima de su engaño

Sara Orwig

Aquel despiadado multimillonario de Texas era su mayor rival en el mundo profesional, y Abby Taylor era consciente de que debería odiar todo lo relacionado con él. Pero por mucho que intentara olvidarlo, Nick Colton seguía protagonizando sus sueños más íntimos.

Abby sospechaba que su sensual seducción tenía un lado oscuro, pero se sentía incapaz de controlar sus deseos cuando lo tenía cerca. Y su temor era que, cuando la traición de Nick llegara, la hiciera añicos para siempre.

Entre el deseo y las mentiras

¡YA EN TU PUNTO DE VENTA!